双葉文庫

金四郎はぐれ行状記

仇の風

井川香四郎

目次

仇の風　金四郎はぐれ行状記

第一話　石に咲く花

一

紫陽花《あじさい》が路地のあちこちに咲き乱れ、浅黄色《あさぎいろ》の花弁が、昨夜の残り雨に燦《きら》めいている。花弁に見えるのは実は萼《がく》であるが、これから七変化となる花の色など目もくれぬ勢いで、半纏《はんてん》姿の金四郎《きんしろう》が千両箱を背負って突っ走っていた。

背負子《しょいこ》に重い木箱をくくりつけて、まるで子供の尻を抱えるように、ぬかるんだ地面を踏みしめている。

現れる青空を映した水たまりに足を突っ込もうが、裾《すそ》をはしょった着物に泥水が跳ねようが一向に気にする様子もなく、ひたすら走り続けた。

「どけどけい！　危ねえぞ、ほら、どけ、どけい！」

一心不乱とはこのことであろう。金四郎の瞳は行く手を睨《にら》みつけて、周りのことなど一切目に入っていない。

往来を行く行商人や飛脚《ひきゃく》、荷車を牽《ひ》く人足などをひょいひょいと軽やかに避けながら、ひたすら走る金四郎は傍目《はため》には、千両箱を盗んで逃げていると見えないではなかった。

中には顔見知りもいて、

「おい、金公！　何処《どこ》から盗んだンだ！」「とうとう、やっちまったか」「悪いことは言わねえ、すぐ返せ」「待て、泥棒！」

などと好き勝手に声をかけたが、当の金四郎はいつものように振り向いて笑い顔を投げかけることもなく、切羽《せっぱ》詰《つ》まった真剣な顔で走り抜けるのだった。

日本橋から三田《みた》台裏町《だいうらまち》にある魚藍観音堂《ぎょらんかんのうどう》の山門近くまで坂を駆け上って来ると、とうとう足を滑らせて転んでしまった。

千両箱の重さで腰から地面に落ちるように崩れて、仰向けに倒れた。四、五貫の子供くらいの重さのある千両箱だから無理もない。起きあがるのがまた難儀だった。

「この……くそやろうがッ」

ようやく立ち上がったとき、魚藍観音堂に参拝に来ていた善男善女たちが吃驚《びっくり》した顔で見ている。

「おいおい。見せ物じゃねえぜ」

思わず悪態をついた金四郎は、そのまま黒塀から続いている山門をくぐって境《けい》内《だい》に入り、香煙が漂う三天堂に向かって歩いていった。

さすがに一切の苦悩を除き取って、現実のあらゆる苦難から衆生《しゅじょう》を救ってくれる観音様だけに、参拝者も多い。

本尊はわずか六寸で、肥《ひ》前《ぜん》長崎から遷座《せんざ》したものだ。容貌は唐女で、右手に魚藍、つまり籠《かご》を抱え、左手は羽衣《はごろも》を持っている。

金四郎は魚藍ならぬ千両箱を脇に抱えるようにして、本堂の前に座り込むと、階段の下にある賽銭箱《さいせんばこ》の横にある掌が入るほどの隙間に手を伸ばした。

参拝者が何事かと奇妙な顔で見ている。

「くそう……こんな所に何を……」

ようやく指先に引っかかった袱紗《ふくさ》があって、引きずり出すとすぐさま開いた。中には丁寧に折られた文が一枚だけあって、そこには達筆の墨書で、

『次は、広尾《ひろお》の水車まで行け。但し、七つ（午後四時）までに着かなければ取り引きはなし。急げ』

とだけ記されてあった。

「七つだと……このやろう……後四半刻（三十分）もねえじゃねえか」

金四郎は文をぐしゃっと握り締めたものの、筆跡は〝下手人《げしゅにん》〟の手がかりとなるであろうから袖の中に仕舞うと、すぐさま山門に戻って駆け出した。

「どけ、どけい！」

思い切り走れば無理な所ではない。しかし、千両箱を背負ってとなると、よほど足腰が丈夫でないと難しい。しかも、日本橋からやはり四半刻かけて駆けて来たばかりである。体には自信のある金四郎でも疲れていた。だが、まだまだ余力はある。負けてなるものかとグッと歯を食いしばっていた。


わずか一刻程前のことである。

金四郎が日本橋にある薬種問屋『熊野屋』を訪ねた直後、文が投げ込まれた。

その投げ文には、『熊野屋』の主人・甚五兵衛《じんごべえ》の一人娘、おゆみをかどわかしたので、身代金を千両出せと書かれてあった。

ただ、それだけであったが、お上《かみ》に報せれば娘の命はないとある。

たしかに娘のおゆみは今朝、昼餉《ひるげ》を済ませてから、習い事に出かけたまま帰って来ていなかった。琴の師匠の所に番頭の阿佐吉《あさきち》を使いにやったが、今日は来ていないとのことだった。

「かどわかしは本当なのか……」

甚五兵衛は心配になって、お上に届け出ようとしたが、阿佐吉は万が一のことを考えて、報せない方が得策だと言った。

たしかに、昨今、大店《おおだな》を狙ったかどわかし事件が続いており、いずれも悲惨な結末を迎えていたので、甚五兵衛としても慎重にならざるを得なかった。

だが、半刻もしないうちに、今度は小さな子供が文を届けに来た。通りがかりの頬被りの男に、飴玉と引き替えに頼まれたという。

その文には、

『すぐさま手代に、千両箱を魚藍観音堂まで運ばせろ。駕籠《かご》や大八車は使うな。そして、本堂前の賽銭箱横の袱紗を見よ。四半刻後に現れなければ、娘の命はない。今のところ、お上に報せた様子はないが、言うことに背けば、やはり娘は死ぬ』

と書かれてあった。甚五兵衛は思わず、店の外に出て見回した。自分たちは何処かから見張られているという恐れとともに、苛立ちが湧き起こってきた。

金四郎が『熊野屋』を訪ねて来ていたのは、たまさかのことであった。甚五兵衛とは前々から知り合いで、少し腹の具合がよくないので立ち寄っただけだった。

事情を知った金四郎は心配しながら、成り行きを窺っていたが、手代たちは千両箱を抱えて、四半刻の間に三田まで行くのは無理だと嘆いていた。

番頭の阿佐吉だけは、娘のおゆみといずれは祝言を挙げることになっているらしく、自分が行くと言い張った。だが、阿佐吉は生まれつき足が悪く、とても重い物を持って走ることはできない。

だから、「俺が手代のふりをして行ってやるよ。店の半纏《はんてん》を貸しな」と、金四郎が申し出たのだった。

安請け合いだったと思ったのは、千両箱を背負ってほんの数町ばかり走った後だった。

――こんなに腰にくるとは……。

と嘆いてみたが、人の命がかかっているのだ。走り続けるしかなかった。

ところが必死に駆けつけてみると、すぐさま他の所へ行けと命じられた。おそらく〝下手人〟は正体を隠したまま、うまい具合に金を奪う機会を狙っているの

だろう。が、金四郎は身代金の運び役を引き受けたときから、

——何がなんでも、捕らえてみせる。少なくとも正体だけは摑んでやる。

と考えていた。困っている者を見ると買ってでも面倒をみる金四郎である。それが生来のお節介だとは当人も気づいていない。いや、何もかも四角四面に片付ける父親に対する反発から、余計な事に首を突っ込む性質《たち》になったのかもしれぬ。

金四郎の実の父親は、遠山景晋《かげくに》で、千石の旗本、長崎奉行の要職にあった。もっとも、景晋は名目上は金四郎の祖父にあたり、養父は景善《かげよし》であるが、遠山家代々の慣習により、長子は祖父の直系として家督を継がせるという複雑な相続を繰り返していた。御家安泰を強固にするためと、骨肉の争いをしないための工夫と思われるが、実子がいるのに養子が家督を継ぐという奇妙な環境は、金四郎にとっても居心地のよいものではなかった。だから、家を飛び出して、芝居街である堺町を根城に、浮き草稼業と洒落《しゃれ》込んでいたのだ。しかし、旗本の子息が風来坊暮らしをしてるのだから、親からは勘当同然に扱われていた。

そんな気軽さだから、すぐさま困った人を後先顧《かえり》みず助けようとする。ガチガチの父親ならば、世間体だの御定法だのを持ち出して理屈を捏《こ》ねては、なかなか

腰を上げないであろうことでも、金四郎は思いつくがままに行っていた。それがゆえに危険なことにも多々、遭遇したが、

――それもまた己が招いた運命《さだめ》。

だと金四郎は思っていた。

天徳寺裏門の同朋町《どうぼうちょう》から、仙石讃岐守《せんごくさぬきのかみ》の屋敷の脇道を抜け、下水にかかる熊谷橋を渡ってから路地を走っていると、芝切通《しばきりとお》しに続く広小路にある自身番から、ひょっこり村上浩次郎《むらかみこうじろう》が出て来た。南町奉行所の定町廻り同心である。月代《さかやき》も髭《ひげ》も神経質なほど綺麗《きれい》にあたっており、黒羽織を粋《いき》に着こなして、朱房の十手をさりげなく差している。一緒に、熟練岡っ引の万蔵《まんぞう》も顔を出した。

「村上の旦那……あれ」

と万蔵は指さして、たるんだ頰を震わせた。

「ああ、金四郎のようだな。いつも芝居街でぶらぶらしている」

「千両箱なんざ背負ってますぜ。あっ、まさか、何処《どこ》ぞから盗んで来たンじゃ」

「そんなことはあるめえが、何か訳ありげだな。万蔵、尾けてみな」

「え、あっしがですか」

「なんだ。またぞろ、足腰が痛いなどと言い出すのではあるまいな」

「へえ。あっしは近頃、めっきり……」

「衰えたのなら、若い奴に御用札を預ける。おまえは十手を返上して、孫とでも遊んでりゃいいじゃねえか」

「だ、旦那。そんなことされた日にゃ、おまんまが……」

「だったら、せいぜい身を粉《こ》にして働くんだな」

　万蔵は渋々頷いて、追いかけはじめたが、まだ若くて弾むように走る金四郎に敵うはずもなかった。千両箱を背負っていてもである。まずは気合が違った。金四郎の背中には人の命がかかっているのだ。

二

　広尾水車は別名、玉川水車とも呼ばれ、文字通り玉川水道から引かれた豊かな水量によって動かされている。水輪の大きさは幅六尺（百八十センチ）、高さが二丈六尺（七・八メートル）にも及び、まさに化け物のように大きな水車だった。

　この大きな水車を見たいがために、目黒不動などに参拝した帰りに、わざわざ遠回りをして立ち寄る人々もいた。渋谷川の水音と水車の回る軋《きし》みが程よく混ざり合って、心地よい初夏の午後の陽射しだった。

金四郎がへとへとになって駆けつけたときは、七つにぎりぎりだったようだが、周りの者たちは事情なんぞ分からないから、

――千両箱を背負って何を慌てふためいているのだ。

と怪訝《けげん》に見やっていた。水車の前まで来て、辺りを見回しながら立っている金四郎に、待っていたかのように飛脚が駆け寄って来た。肩に担いでいた文箱を開けながら、

「日本橋の薬種問屋『熊野屋』の手代さんですね」

「え、ああ……」

「どうぞ、これを」

飛脚は封書に包んだ文を手渡すと、すぐさま行こうとするので金四郎は声をかけた。

「ちょっと待ってくれ。これは誰に頼まれたんだ？」

「さあ。私は店から命じられただけなので」

「では、店に頼んだのは？」

「それは後で確かめて下さいまし。先を急ぎますので、私はこれで」

と飛脚は余計な事には関わりたくないとでも言いたい目つきで一礼すると、そのまま勢いをつけて立ち去った。どのみち飛脚は〝下手人〟が利用しただけであろう。金四郎は封書を開いて中身を見ると、

『近くの「笑花園」に入って、朝顔畑の前にある御堂を見ろ』

とだけ書かれてあった。

舌打ちをした金四郎は、『笑花園』という園芸屋敷に入った。入るのには十八文の入園料が要る。まだ朝顔の季節には早いが、咲き乱れる頃には色鮮やかな花が一面に広がる。だが、今の金四郎に草花のことを考える余裕などない。まっすぐ御堂の前に立つと、小さな扉を開いて中を見た。

そこには香炉のようなものがひとつあって、巻物が置かれてある。金四郎は手にして紐を解いて開いてみると、今度は、

『ご苦労様。目白椿山《めじろつばきやま》にて札を手に入れて、暮れ六つ（六時）までに、千住《せんじゅ》の光茶銚《ひかりちゃがま》までおいでなされ。他人に千両箱を預けてはなりませぬぞ。自分で運ぶのです』

と小馬鹿にしたような感じで書かれてある。

「椿山から千住……くそ野郎がッ……」

金四郎の苛立ちも増してきた。ただでさえヘトヘトなのに、さらに千住まで行けというのか。しかも、重い物を背負って一刻で来いとは常軌を逸している。江戸をぐるりと一周させるつもりなのか。

──お上に本当に報せてないかどうか確かめるためかと思ったが……もしかしたら、端《はな》から金を奪うつもりでなくて、金の受け渡しを失敗させ、それを理由に人質を殺すつもりではないのか。

という考えが金四郎の脳裏を掠《かす》めた。近頃あった類似のかどわかしは全て人質が殺されているからだ。

だが諦める訳にはいかぬ。金四郎は一息だけつくと、よいしょと立ち上がった。

そこへ、へろへろと荒い息をつきながら、万蔵が駆け寄って来た。

「おい、金公……おめえ、一体、何処まで行くつもりなんだ」

今にも喉が詰まりそうな情けない声である。金四郎は一瞬だけ振り向いたが、素知らぬ顔のまま、

「万蔵親分。どうして俺を……」

尾けているのかと訊こうとしたが、長々、十手持ちと話していてはマズいと思った。〃下手人〃に何処かで見られているに違いないからだ。お上に報せてないにも拘《かか》わらず、疑われても困る。

金四郎は何も話さず、そのまま出口に向かった。入口と出口が別々になっているから、誰か尾行する者がいれば一目瞭然であろう。だから、わざわざ『笑花園』に誘い込んだとも考えられる。それに、万蔵にしつこく追われれば、後ろにいる同心の村上も乗り出して来るであろう。万蔵に尾けさせないためにも、金四郎は『笑花園』を出ると、思い切り突っ走った。

それにしても江戸には坂が多いと、つくづく感じた。何処を走っても太股に負担がかかってくる。

普段歩いているときは、何気なく感じていても、物を背負って走るとなると途端に体が何倍も重くなる。人足たちの大変さが篤《とく》と分かった気がした。しかも、日本橋を出てから一刻近く走りっ放しである。へたばって当然であった。

まもなく目白坂だ。清戸道《きよとどう》という将軍が鷹狩りに使う道を抜けて、豊坂や幽霊坂を登り下りしてから、芭蕉庵《ばしょうあん》を横目に胸突坂《むなつきざか》を登った。本当に胸が坂の地面にくっつきそうな急勾配で、少しでも気を緩めれば、背中の千両箱の重さで後ろに引き戻されそうだった。大銀杏《おおいちょう》や竹林が日陰を作ってくれているのが唯一の救いだった。

坂の上には肥後《ひご》熊本藩の下屋敷があって、その反対側には、自生している椿の山が広がっていた。ここは江戸庶民の遊山によく使われていて、不動尊が置かれてあった。

――ここで札を手にしろというのだ。何の意味があるのだ。わざと時を浪費させるためではないか。

金四郎はそんなことを思いながら、小さな本殿に立ち寄ると、

「薬種問屋『熊野屋』さんの……」

と寺男風の者が声をかけてきた。そして、やはり金四郎に文を手渡した。それには、

『急ぎなさい。光茶銚は暮れ六つに閉まりますぞ』

とだけ書き記されている。この文を届けた者を問いかけても、寺男風は子供が持って来たというだけで、今までと同じように〃下手人〃に繋がるものはなかった。

立ち話をする時もないので、千住に向かってとにかく走った。もっと早さを増

さなければ、とても間に合いそうもない。だが、足はパンパンになっている。

光茶銚とは、江戸名物図会に出ている千住宿外れの茶店の釜のことで、茶釜の光沢が優れていたから街道の名物になったまでのことである。銚とは小さな釜のことだ。

わざわざそんな所を選んだのには訳があるに違いない、と金四郎は思っていた。だが、そこへ行ってもまた走り続けなければならないとしたら、

——もう体が持たぬな。

と感じていた。千住の宿場からは、荒川が近い。そこから千両箱を舟にでも積んで逃げる気であろうか。わざわざ回り道をさせたのは、やはりお上の尾行を警戒したのと、金四郎をへたばらせておいて、〝下手人〟をさらに尾けさせるのを阻止する狙いがあるのであろう。

次第に日が西に落ちてきた。

ようやく千住の宿にかけつけたとき、光茶銚のある茶店の主人が、今にも表の葦簀《よしず》を下ろそうとしていた。

「待ってくれ！　ま、待って！」

懸命に滑り込むように、既に片付けてある縁台の前に座り込んだ金四郎は、救

いを求める目つきで店の主人を見上げた。あまりにも激しい勢いで倒れたので、

「どうなすった、お若いの」

と主人は声をかけて、火を落としたばかりの茶釜から湯を注いで、番茶を差し出した。金四郎はふうふうと冷ましてから口に含んで一息つくと、

「どうやら間に合ったようだ」

と呟いて、「誰かに……何か預かった文はないか」

金四郎が尋ねると、主人は不思議そうな顔で、

「おたくは？」

「俺は熊野屋の手代だ」

一見して遊び人の風体であるから、主人は一瞬、訝《いぶか》って見やったが、

「あんたが熊野屋の手代かい。ああ、預かってるよ。暮れ六つに来るから、これを渡してくれってな」

と奥へ入ると、すぐさま桐箱を持って出て来た。金四郎はそれを受け取って開けると、やはり文が入っていて、

『千住桜木の渡しに来て、そこに泊まってる荷舟に千両箱を置いて、すぐに立ち去れ』

とだけある。暗くなるまで引きずり回す算段だったに違いない。金四郎は、やはりこういう手筈だったかと得心して、主人に尋ねた。

「この文を持って来たのは、どんな男だった？」

「男じゃねえ。女でしたよ」

「女……」

「へえ。この辺りでは見かけない顔だが、ちょっといい女でしたねえ」

「いい女……ふむ……」

その女もまた〝下手人〟に利用されただけかもしれぬ。どこまで用心深い奴だと金四郎は歯痒《はがゆ》く思ったが、渡しまではすぐ目と鼻の先だから、急ぐしかなかった。

辺りには松並木が続いており、月も出ていないので鬱蒼《うっそう》として、辻斬りでも現れるのではないかと思えるような闇が広がっていた。桜木の渡しは今はあまり使われておらず、そうでなくても、日没後には渡船は禁じられている。

——こんな所に呼び出すとは……待ち伏せでもしてて、襲ってくるつもりか。

金四郎は辺りに気を配りながら、船着き場に来たものの、川風が吹き、水音が涼しげにしているだけで、怪しげな影はない。文に書かれていたとおり、金四郎は千両箱を小舟に乗せて、そのまま舟から離れた。

葦原が広がっており、風にさわさわと揺れているので、人の気配があっても感じられないかもしれぬ。金四郎は千住宿の方に戻る振りをしながら、葦の群れの中に潜んで、小舟を見張っていた。おそらく誰かが来て漕いで立ち去るに違いない。その時に、ふん捕まえて正体を暴くつもりである。

だが、小舟に誰か人が近づく様子はまったくなく、その代わりに、すうっとひとりでに動き始めた。音もなく、ゆっくりと沖に向かって離れて行く。

金四郎はシマッタと思わず立ち上がって、船着き場の方へ駆け出したが、小舟は悠々と離岸して、次第に大きな流れに乗ってゆく。目を凝《こ》らすと、沖に黒っぽい色の猪牙舟《ちょきぶね》がもう一艘あって、小舟と綱で繋がれているようだった。猪牙舟には一人、編笠を被った男が乗っていて、ぐいぐいと綱を引いていた。

「ふん。せいぜい、逃げるがいいぜ。こちとら、そういうこともあろうかと、手は打ってあるんだよ」

唇を嚙む金四郎の表情には険しさが増してきた。

三

向島《むこうじま》の外《はず》れ、堀切村《ほりきりむら》にある小さな水車小屋から、無精《ぶしょう》髭《ひげ》の男が出て来て、川の水に手拭いを濡らすと、裸の上半身を擦り始めた。まだ三十そこそこだろうか。腕には牡丹《ぼたん》か何かの彫り物が見える。

朝靄《あさもや》が広がっており、すっきりとしない天気だが、今を盛りと咲き乱れている菖蒲《しょうぶ》の花が、見渡す限りに広がっていた。このあたりは、安藤広重《あんどうひろしげ》の『名所江戸百景』に描かれた花菖蒲の名所と言われている。その美しい花とは縁のなさそうな男だった。

実に満足そうな笑みを浮かべて、鼻歌を洩らしている。陽射しはぼんやりとしているが、千両箱を手に入れたからか、実に明るい顔で楽しそうであった。

それを遠目に見ていた次郎吉《じろきち》の頬に、侮蔑の色が浮かんだ。

「ばかめ。逃げ切ったと思ってやがる」

そう呟いたとき、近くの藪《やぶ》がガサガサと揺れた。振り返ると、金四郎が腰を低くして近づいて来ていた。

「おう。よくぞ見つけたな、次郎吉兄貴」

次郎吉とは、芝居街堺町の中村座の木戸番頭を任せられている者で、金四郎の兄貴分にあたる。もっとも次郎吉が自分でそう思っているだけで、金四郎の方は年上であるし、芝居街では先輩だから立てているだけであるが、根はいい人間なので、何かにつけ頼りにしていた。

今般のことも、金四郎が身代金を運ぶ大役を任されたとき、『熊野屋』の主人に言って、次郎吉にも報せて貰っていた。そして、金四郎が走るのと並行して、人目につかぬように一緒に走っていたのである。

そして、行き先を千住と命じられた金四郎は、「〃下手人〃は舟を使う」と直感して、密かに次郎吉に小舟で待機するようにと、「笑花園」で文を渡していたのである。

案の定、〃下手人〃は猪牙舟で小舟を荒川まで曳航し、遠くに行くと見せかけて、千住からはさほど離れていない堀切村に戻る形で、潜んでいたのである。

「金の字。俺が目ざとく尾けたから分かったンだからな。感謝しろ」

「へえ。しっかり奢《おご》らせて貰いますよ」

「飯や酒だけじゃうまくねえ……『熊野屋』の娘っこが無事に帰って、千両も取り戻せば、ご褒美《ほうび》はたんまりくれるだろう。そん時は、吉原で腰が抜けるくれえ、ハメを外しまくりってこった、なあ」

「兄貴。これは人助けだ。銭金を期待しちゃいけねえと思うがな」

「固いことを言うな。おまえは遊び人のくせにだらしなくねえから、つまらねえ。飲む打つ買うは男の甲斐性《かいしょう》だ。俺がとっぷり教えてやる。かどわかし野郎を捕まえたら、俺が褒美をたんまり貰えるよう話をつけてやるぜ」

「まだ捕まえちゃ困るぜ、次郎吉兄貴。人質はまだ帰ってないんだからな」

「分かってるよ」

次郎吉が余計な事を言うなとばかりに口を歪めたとき、濡れ手拭いで体を拭いていた男がふいに一方を振り向いた。川沿いの道から、曇りだというのに日傘を差した女がぶらぶらと歩いて来た。顔ははっきり見えないが、左褄《ひだりづま》を取って少しばかり腰を艶やかに振っている。

「よう。遅かったじゃねえか」

と男は声を発して、小走りで女に近づくと、随分と待ちくたびれていたように抱きついて、気持ち悪いぐらいの甘えた仕草になった。

はらりと日傘が落ちて現れた女の顔は、見る者を釘付けにするほどの美形で、わずかに崩した島田に銀簪《ぎんかんざし》が小粋に揺れ、紬《つむぎ》の着物と帯は決して派手ではないが、妙にしっとりとして、益々《ますます》、いい女っぷりに見せていた。

女は一瞬だけ、人目を気にするように周りを見回してから、男に抱きついた。

二人は意味のない笑い声を洩らして、乳繰りあいながら水車小屋の中に消えた。

「金の字……」

「ああ。どうやら、女がいたようだな。事件の裏には必ず女が……ってやつだ」

「どうする。覗いてみるか」

「やることは決まってらあな。俺にはそんな趣向はねえよ。見たかったら、次郎吉兄貴だけで、どうぞ」

「そうか。じゃ、そうするぜ」

突き出した唇の間から、出っ歯を少しだけ覗かせて笑うと、次郎吉は腰を屈めると忍び足で水車小屋の方へ近づいて行きかけたが、やっぱりやめたと戻って来た。もし下手をこいて、〝下手人〟に気づかれたら元も子もないからだ。

「兄貴も辛抱強くなったじゃないですか」

「バカ言え。俺もよ、人のナニを見るほど落ちぶれちゃいねえってことよ」

次郎吉はこう見えて、意外と女にもてる。殊に水商売の女には話が面白いのか、受けがいいのだ。もっとも金四郎に比べれば、月とスッポンの差があるが。もちろん、金四郎が月である。まだまだ若い上に、遊び人でありながら、何処か育ちのよさがある。それはそうだろう。旗本の若旦那である。幾ら、親父とウマが合わなくて勘当同然に暮らしているとはいえ、育ちというものは自然と滲み出てくるものだ。

一刻ばかりして、女が水車小屋から出て来た。少しはだけた着物の襟元を直しながら、紅潮した頬に笑みを湛《たた》えて、

「じゃあね。また後でね……」

と小さく手を振ると、男に背を向けて、川沿いの道の方へすたすたと歩き出した。愛し合った男への名残惜しさなど微塵もない態度だった。が、男の方はいつまでも、女の背中を見送っていた。

金四郎はおもむろに女を尾け始めた。

「おい……女は俺が……」

と言いかけた次郎吉に、金四郎はシッと指を立てて、問答無用とばかりに自分が女の後を追い始めた。来たときには気づかなかったが、

――何処かで見たことがある。

そう思ったからである。いや、見間違いかもしれぬが、顔には覚えがある。それが気がかりだったのだ。

女は隅田川の土手道まで出ると、船着き場でもない川辺に待たせていた小舟に乗り込んだ。煙管《きせる》をくわえていた船頭がポンと灰を川面に棄てて、櫓《ろ》を手にしたとき、

「ああ。あいつか……」

と金四郎の脳裏に、ある情景が過ぎった。

半月程前のことである。

丁度《ちょうど》、今日のような花曇りの昼下がり、金四郎は両国橋東詰の水茶屋の前で、中年の男に絡まれていた女を見かけた。思わず助けようと思ったのだが、女は物凄い啖呵《たんか》を切って、

「ふざけちゃいけねえよ、お客さん！　こちとら体を張って商売はしてるが、あんたなんかに尻を触られる謂《いわ》れはねえんだ！　ましてや寝転がるなんてご免だねえ。とっとと帰ンな！」

中年男は悪態をついて何やら文句を言ったが、それ以上の乱暴はせずに立ち去った。驚いて見ていた往来の客に、

「見せ物じゃないよ」

　と女は切れ長の目を流してから、水をパッと撒いて店の中に消えた。よほど腹に据えかねた客だったのか、女の機嫌が悪かったのか、荒々しいその態度を、金四郎も突っ立って見ていたのだった。

「――あの女だ」

　そうと分かれば、舟を追うこともない。ゆっくりと両国橋の水茶屋まで行って様子を探ることにした。

　だが、道々、金四郎はまた別の情景を思い浮かべていた。その女は、何処か他の所でも会ったような気がしたのである。あるいは錯覚かもしれないが、胸の奥に引っかかっていた。

　金四郎が訪ねて行ったときには、まだ女は店に出て来ていなかった。客を装って、奥座敷で待っていると、どこで道草を食っていたのか、ぶらりと女が入って来た。

「ああ、来た来た。あのお姐さんだ」

　と金四郎が奥座敷の障子戸から覗き見ると、女将《おかみ》が女を連れて来た。

「お咲《さき》ちゃん。お客さんだよ。もう一刻近く待ってたんだよ」

「――お咲ちゃんてのかい」

金四郎が懐手にしたままにこりと笑いかけると、お咲は怪訝に小さく頭を下げたものの、「誰だい？」と女将に声をかけた。女将は、先日、啖呵を切ったのを見かけて、いい女だと思ったから、一度、酌をして貰いたかったらしいと話したようだ。

お咲は曖昧《あいまい》に頷いてから、金四郎の座敷に入ると、煙草盆《たばこぼん》を引き寄せて火をつけた。そして、その煙管を金四郎にくわえさせて、

「座敷に呼んでくれて、ありがとうございます。お礼を言いますよ」

と丁寧な口調で言った。表に近い縁台で、茶を飲ますのは形式的なもので、後はさっさと奥の座敷に入り、金を払って女を呼ぶ。この水茶屋ではそうする仕組みになっていた。だが、〝けころ〟という安女郎とは違うから、座敷に呼んだからといって事を為すわけではない。いわば仮の恋人同士のような雰囲気を味わうだけの場所であった。当人たちが気が合えば、出合茶屋に席を移すのが通例である。

「お兄さん……っても、随分と若いねえ」

「若いと来ちゃいけねえのかい？」

「そんなことはないけどね。みんなが働いている昼日中に、水茶屋で涼んでるなんて、いい若い者がって……言いたくなるくらいだよ」

「嬉しいねえ」

「え？」

「俺にそんなことを言ってくれる者なんざ、いねえからよ。姐さん、頼りにしてるぜ」

「なんだよねえ……」

初対面でいきなり叱られて喜んでいる若者の心情を量りかねてか、お咲は呆れたような溜め息をついて、それが癖なのか耳たぶをそっと摘んだ。金四郎は耳たぶに小さなほくろがあるのを見て、

「いい所にほくろがあるね」

「え？」

「男運のいい印だよ」

「そうなのかい？」

「ああ。きっと、いい男に巡り会えるだろうぜ。いや、もういるのかな。いるだ

ろうな、それだけの器量よしなら」

金四郎は、水車小屋で見かけた男との情事を思い出させようとして言ったのだが、お咲には何の反応もなく、逆に金四郎のことを興味深げに見つめてきた。むしろ金四郎の方が、ふわっとした気持ちになって、女の妖しさに引き込まれそうだった。

四

薬種問屋『熊野屋』に、娘のおゆみが帰って来たのは、その日の昼下がりのことだった。特に怪我をしていたわけではなく、妙に爽《さわ》やかな顔をしていた。心配をしていた父親の甚五兵衛や番頭の阿佐吉が肩透かしをくらうほどであった。

「下手人はどんな奴だった」

甚五兵衛が訊くと、おゆみはまだあどけないぷっくらとした顔を向けて、

「……下手人て？」

と不思議そうな顔をした。その態度を、店の片隅でちらりと見たが、おゆみは惚《とぼ》けているという様子ではなかった。

「かどわかしをした奴だよ、おまえを」

「私を？」

「そうだよ。おまえがかどわかされたから、うちの手代に代わって、金さんが江戸中を走り回ってくれたんだ」

「かどわかし……私が……」

　おゆみは本当に知らないと首を振ってから、申し訳なさそうに苦笑いをした。

「ごめんなさい、お父さん。私、ゆうべ帰って来なかったのは、諭吉《ゆきち》さんのうちに泊まったからなんです」

「な……なんだって？」

　諭吉とは、『熊野屋』とは言わば敵対している『摂津屋《せっつや》』という薬種問屋で、前々から不仲な同業者であった。しかし、娘と『摂津屋』の跡取りの諭吉は、親の知らぬ間に惚れ合っていた。

「おゆみ……おまえ、なんということを……どうせ、『摂津屋』の奴は、おまえを嫁にするなどと言って弄《もてあそ》んだ挙げ句、この店を乗っ取る気なんだ。『摂津屋』から見れば、うちは公儀御用も預かる名のある老舗《しにせ》だ。おまえは、奴らの商いに利用されてるだけなんだよ。それをのこのこと……」

母親を早くに亡くしたから、親の情愛が乏しくて、少し心根が歪んだのかもしれないと、甚五兵衛は詫びるように言った。

「私のことが、そんなに嫌いか、おゆみ……だから、諭吉みたいな奴に腹いせに……」

「違います、お父っつあん。諭吉さんは、そんな人じゃありません。諭吉さんは……」

「黙れ。そんな男だからこそ、嫁入り前の娘を、親に黙って自分の家に呼んで泊めたりするんだ。おまえは騙されてるンだ」

「そんなことない。お父っつあんこそ、分からず屋です」

「なんだと！」

「もう、いい。私、諭吉さんを信じてるから。少なくともお父っつあんより信じてるから」

そう言い捨てると、おゆみは奥の自分の部屋に逃げるように立ち去った。追おうとする甚五兵衛を番頭の阿佐吉は、さりげなく止めた。

「阿佐吉……済まぬ。おまえと一緒にさせて、この店を任せるつもりだったのだが、おゆみがあれでは……」

「旦那様。おゆみさんは今、熱病に罹《かか》っているようなものです。そのうち治まりますよ」

と慰めるように言った。それは自分の気持ちを治めるためでもあった。

「金さん……こういう次第だ。後は、お奉行所に任せます。ご苦労でしたね」

甚五兵衛は財布から小判を数枚取り出すと、紙に包んで金四郎に差し出した。

「こんなものは要りません」

と金四郎は押し返してから、「どういうことです、旦那さん」

「ですから、お上に任せると」

「でも、かどわかしの〝下手人〟は追いつめてるんですよ。しかも、それに関わってると思われる女も見つけたんです」

「女……？」

「ええ。両国橋東詰の水茶屋の女が関わっている節もあるんです。お咲という女です」

「――お咲？」

その名を聞いて、不審な目になったのは、番頭の阿佐吉の方だった。金四郎がその表情の変化に気づいて見やると、阿佐吉は思わず目を逸《そ》らした。

「番頭さん。ご存じで？」

「いいえ」

「とにかく、これは俺の見立てですがね、俺を走り回らせたのは、水車小屋に潜んでいる男ではなく、その女の方だと思うんですよ。それに、このままでは、目の前の奴に、千両をみすみす持ち逃げされるかもしれません」

「だから、お上に任せると言ってるのです」

と甚五兵衛はきっぱりと言った。

「娘はもう帰って来たことだし……『摂津屋』の倅《せがれ》の所に行ったのなら、かどわかしとは関わりないことになりますからな」

「そうですかね……摂津屋の若旦那が、おゆみさんを誘っている間に起こったことです。しかも、家にいないと知ってて、身代金を求めてきたのですから、諭吉って人が知らないとも考えられませんがね」

「……」

甚五兵衛が黙ってしまったので、阿佐吉がぽつりと、

「たしかに妙ですね……旦那様。此度《こたび》のことには何か裏があるのではないでしょうか」

「うるさい。余計な事を詮索して何になる。なんであれ、娘が帰ってくれれば千両くらいくれてやる……後は、お上に任せる。それでいい。でないと、金さん、あんたにも災いが及んではいけないのでな」

「そうですかい。まあ、おゆみさんが戻ったのだから、それ以上望むこともないでしょう。では、後はお上にってことで……」

金四郎は着物の裾を少しはしょるようにして腰を屈めると、丁寧に頭を下げて、店から駆け出て行った。その足で、堀切村の水車小屋まで行った金四郎は、次郎吉に引き上げるよう言った。

「えっ。だって、下手人はすぐそこに……一体、どうしたってんだ」

「どうもこうもねえ。『熊野屋』がお上に任せるってんだから、それでいいじゃありやせんか、ねえ兄貴」

と言ってるところに、南町同心の村上と岡っ引の万蔵がのこのこと来るのが見えた。

夕陽が映《は》えている。その中で咲き乱れている花菖蒲なんぞに目を奪われることもない。風流とは縁がない二人だ。金四郎は顔を合わせれば面倒だとばかりに、

「次郎吉兄貴。触らぬ神になんとやらだ。退散しやしょう」

と言いながらも、水車小屋の方を見やっていたが、勢いよく駆け込んだ万蔵が、うぎゃあと悲鳴を上げて飛び出して来た。

思わず振り返った金四郎と次郎吉は、こけつまろびつしながら、村上にすがりついている万蔵の情けない姿を目の当たりにして、

──ただ事ではないな。

と感じた。木陰に身を伏せて見ていると、その後で水車小屋に入った村上も、驚いた声を上げて、慌てて万蔵に「奉行所へ走れ」と命じていた。

「何があったんだろう、金の字」

次郎吉の胸中に嫌な思いが広がったのか、半ば尻込みしながら、「とっとと、行こうぜ。関わりたくねえ」

そう言うのへ、金四郎は逆に驚いた訳を知りたくなって水車小屋に近づいて行った。

「よせ、金の字。どうせ、ろくなことじゃねえ……」

構わず近づく金四郎の姿に、村上は気づいて振り返った。途端、険しい目つきになって、ぐいと十手を突きつけると、

「金公。こんな所で何をしてる」

「『熊野屋』の主人から聞いてねえのかい？」

かどわかしの一件で、身代金を運び、〝下手人〟の居所をつきとめたのは、金四郎と次郎吉だと手短に話したが、却って村上は怪しむ顔になって、

「ほう……〝下手人〟探しまでな……」

と意味ありげな笑みを洩らすと、近づいて来た金四郎の腕をガッと摑んで、水車小屋の中に引きずり込んだ。

そこには、カッと目を見開いたまま仰向けに倒れている男がいた。胸からだらだらと流れた血が床に溢れている。刀で心の臓を一突きされたようだ。

「こ、これは……!?」

金四郎は驚愕の顔を隠せなかった。

「おまえの知ってる奴かい」

「そうじゃねえ……そうじゃねえが……」

後から来た次郎吉も覗き込んで、思わず悲鳴を上げそうになった。同時に、頭の中が混乱した。どうして、誰が殺したのかというよりも、自分がじっと張り込んでいた男が、いつの間に殺されたのかという疑念が、頭の中をぐるぐる回ったからだ。

「おめえたち……どうやら、番屋に来て貰わなきゃ、ならねえようだな」

村上は精悍《せいかん》だが、そのいかつい顔をぐいと向けるや、金四郎に息がかかるくらいに近づけてきた。

五

男の死体を検死して、片付けた後、金四郎と次郎吉は、日本橋本町にある自身番まで連れて来られた。自身番には何やかやと世話になったことのある二人だが、今度ばかりは少し違っていた。明らかに、

——殺しの下手人。

のように扱われていたからである。

辺りはすっかり暗くなってしまっていた。

事件のあらましを金四郎は話したが、村上は半ば信じつつも、後の半分は信じていなかった。つまり、『熊野屋』に頼まれて身代金を運んだことは認めるが、

「おまえも、グルだったのではないか」

と村上は金四郎を疑ったのである。

「どうして、旦那はそんなふうに思うんで？　俺はよかれと思って……」

「そこが引っかかるのよ」

「引っかかる？」

「ああ。『熊野屋』を訪れたのはたまさかのこと。そこで、かどわかしの報せが来た。本当なら手代が行くところ、おまえが自ら申し出て身代金を運んだ。仲間じゃなきゃ、わざわざ、そんなことをするまい」

「あんなしんどい思いをしてですかい？」

「千両を手に入れるためなら、そのくらいの辛さは我慢できようってものだ。しかも……死んだ男が持ち込んだという千両箱は、水車小屋にはなかった」

「まるで、俺たちが仕組んだとでも言いたげな口調だねえ」

「ああ。そのとおりだ」

「そんな……」

　と身を乗り出したのは、次郎吉だった。

「旦那。あっしは、ずっと見張ってたんですよ、この金の字に命じられて」

「命じられて？　おまえは兄貴分じゃないのか」

「そ、そりゃ、そうだけど……とにかく、金の字が女を調べてる間、俺はずっと見張ってたんだ。たしかに水車小屋の裏手までは見えねえが、誰かが来て奴を殺したり、千両箱を持って行ったなんてことは……」

「あり得ないってか？」

「へえ」

「だが、事実、ないものはない。それと、今、おめえは、女って言ったな」

「言いましたよ」

「それは何処の誰でえ」

次郎吉は、水車小屋に訪ねて来た女の様子をペラペラと喋ったので、金四郎は少しばかり眉間に皺を寄せた。その表情を横目で見た村上は何かあると察して、

「訪ねて来た女、な……金公。おまえが調べた女ってのは？」

「いえ。殺された男と関わりがあると思って調べたんですがね、やはり舟で逃げられて、何処の誰か分からずじまいでさ」

「本当に？」

「ええ。本当に……」

次郎吉にもまだ話していなかったから、この場は誤魔化せたが、殺された男の素性が分かれば、村上はすぐにでも探し出すであろう。『熊野屋』を調べれば、

金四郎が訪ねたこともバレるであろう。しかし、なぜか金四郎は、お咲のことを話す気になれなかった。

——何か裏がある。

そういう気がしてならなかったからである。ましてや男が殺されて、奪った千両箱が消えたのなら尚更《なおさら》だ。金四郎は妙な事件に関わったのも何かの縁《えにし》だと考えて、ここはひとつ、一肌脱いでみせようと思ったまでである。

そこへ、万蔵が転がり込むように入って来た。殺された男の素性を探っていたのである。財布の中にあった道中手形などからみて、やはり金が入れば何処かへ逃げる気だったのかもしれない。

「村上の旦那。男の素性が分かりやした」

「おまえにしちゃ、仕事が速いじゃねえか、万蔵。まだ、しばらく使ってやるぜ」

「冗談はそのくらいにして下せえ……殺された男は、本所森下町に住む、岩三《いわぞう》という大工でした。六間堀近くの長屋で暮らしてやす」

「大工か」

「へえ。大工といっても、近頃はあまりまっとうな仕事はしてないらしく、棟《とう》梁からも敬遠されていたようですぜ。森下町には南四ッ辻と弥勒寺橋に自身番がありやすが、そのいずれの番人も、岩三には色々と手を焼かされてたって話です」

「何をしたのだ」

「まあ、あちこちで博打《ばくち》をしては借金まみれになってるという、ありがちな暮らしぶりでね。肌に彫り物をしてるような喧嘩っ早い奴でさ」

「肌に彫り物ねえ……」

金四郎は黙って聞いていたが、次郎吉は口先から唾を飛ばす勢いで、

「だったら、そいつの身の周りを洗ってみりゃ分かる話じゃねえか。俺たちは何の関わりもねえ。ほら、みろ、金の字。おまえが余計な事に首を突っ込まなきゃ、そいでもって俺に助け船なんか頼まなきゃ、こんな七面倒くさいことに巻き込まれなくて済んだんだ」

「次郎吉。そうはいかねえよ」

と万蔵がニタリと笑って、鉛の短い十手で胸をつんと突いて、

「たしかに金公が、千両箱を運んでいるのは、おいらも見たがね、途中で巻かれちまった。それは知られちゃマズいことがあったからに違いあるめえ」

「だから、それは急いでたからだ」

と金四郎が口を挟んで続けて、「それに、『熊野屋』の娘の命がかかってたんだ。お上に報せれば、すぐに殺すと脅されてた。下手に十手持ちの姿なんざ見られた日にゃ、どうなるか分かったものじゃなかったからな」

「そうじゃねえだろう。自分たちの悪さがバレるのが怖かったンだろう？」

「言ったただろ。俺たちが〝下手人〟なら、わざわざ人目につくようなことするものか。しかも、なんで次郎吉兄貴が張り込んでなきゃいけねえんだ。ちっとは頭を使え、バカ」

金四郎がからかうように言ったので、万蔵はもう一度、眼光鋭く睨み据えると、

「ところがよ、金公。『熊野屋』の主人は、別におまえなんぞに頼んでねえってんだ」

「ええ？」

「しかも、娘はかどわかされたんじゃなくて、同じ薬種問屋『摂津屋』の倅の所に行ってたって話だ。二人は言い交わした仲らしいじゃないか」

「いや、それは……」

「それはなんでえ」

金四郎は直《じか》に『熊野屋』と話したいと思ったから、余計な事を言わなかった。

万蔵は、〝落としの万蔵〟といって、色々な咎人《とがにん》を追いつめて白状させることが上手《うま》い岡っ引として知られている。だからこそ、少々老いぼれていても、村上は使っているのだ。もしかしたら、『熊野屋』の主人が話したという内容は、万蔵がでっちあげたものかもしれぬ。そして、金四郎の態度を見て、探りを入れてくる目算なのであろう。

「万蔵親分。俺は人助けでしただけのことだ。だから、誰が何と言おうと、知らねえこった。俺なんざ調べたところで何も出て来やしねえよ。それより、とっと大工の岩三って男の身の周りでも洗った方がいいんじゃねえか」

「おめえに言われなくともそうしてるよ」

万蔵はそう言ってから、何やら村上に耳打ちをした。そして、一礼すると、また自身番から探索をしに出て行った。

俄《にわか》に口を閉ざしたように黙りこくった村上は、奥の板間にある箱火鉢の前に腰掛けて、煙管に火をつけた。ぼんやりと格子窓の外に見える月を眺めながら、うまそうに煙を吐いて、長い溜め息をついた。

しばらく沈黙が流れた。夜になっても少し蒸している風が格子戸から舞い込んで来ては、村上の煙管の煙をたなびかせていた。

「旦那……本当に俺たちゃ、何も知らねえんだぜ。早く芝居小屋に帰って、仕事をしなきゃならねえんだ。頼むよ、もう」

痺《しび》れを切らしたように次郎吉は頼んだが、村上はなぜか素知らぬ顔をしていた。金四郎と次郎吉は土間に座らされたままで、しかも縄で結《ゆ》わかれたままである。

「旦那……村上の旦那ってばよう」

「そう慌てるな次郎吉。堺町の中村座の歌右衛門《うたえもん》は俺も大好きな役者だ。お互い顔見知りでもあらあな。もっとも、向こうはお上嫌いとみえるがな」

「そりゃ、そうだろうよ」

老中首座の水野出羽守忠成《みずのでわのかみただあきら》は、昔の田沼意次《たぬまおきつぐ》のような賄賂《わいろ》政治をしている拝金主義者で、庶民の一番の娯楽である芝居を毛嫌いしていた。お上を嘲笑《あざわら》ったり、揶揄《やゆ》する内容の芝居があるからだった。

飢饉《ききん》や天災が続いて、不安定な世情の中、庶民の幕府に対する不信感が高まる世情であったから、一番、恐れていたのは民百姓が決起することであった。

だから、水野出羽守は膨れあがった江戸の人口を減らし、百姓の暮らしを安定させて土地に縛りつけるための御定法や帰農令などを発布して、農作物の生産の安定を図ったのだ。

しかし、江戸市中の町人たちに対して、綱紀《こうき》粛正《しゆくせい》を強いるような施策をしたのでは、不満が吹き出してくるだけである。それが芝居という形になって、お上に抗議をしているのだが、水野出羽守はそれが目障りだった。

「だからって、役者をいびったところで、はいそうですかと首を引っ込めるほど、庶民は柔《やわ》じゃありやせんぜ」

次郎吉はまるで突っかかるように村上に言ったが、やはり素知らぬ顔のままで、暢気《のんき》そうに煙をくゆらせていた。

そこへ、ぶらりと入って来たのは、宅間《たくま》という吟味方《ぎんみかた》の与力だった。

「これは宅間様……」

村上が恐縮したように腰を上げると、宅間は手招きで呼びつけて、

「この者たちを解き放て」

と明瞭な声で言った。村上は突然の命令に承服できかねると反論の姿勢を見せたが、宅間は続けて断じた。

「こやつらは『熊野屋』の手代として、身代金を運んだまでだ。放してやれ」

「いや、しかし、まだ詳細な調べを……」

「無用だ。お奉行直々のお達しだ」

「お奉行の……？」

　村上は怪訝な顔になって、金四郎と次郎吉を見やったが、町奉行の命令ならば逆らうわけにもいくまい。不満が残る村上だったが、仕方があるまいと二人の縄を解いた。

六

「一体、何があったんだろうな」

　解き放たれた次郎吉は、自身番から出るなり、金四郎に話しかけた。

「さあな。お奉行には見る目があったってことだろうよ」

「お奉行に……？」

　と次郎吉もなんだか釈然としない表情で、「逆に罠《わな》が仕掛けられてるんじゃねえか。俺たちを泳がせて、本当の〝下手人〟を探そうとしてるとかよ」

「そんなことをしても無駄だろう。俺たちは、何も関わりねえんだから」

「あ、そりゃ、そうだな」

「疑ってるとしたら、お上は見当違いをしてることになる」

そう言いながら、金四郎は、

――どうせ、親父が裏から手を回したな。

と感じていた。何処かで事情を聞きつけたのであろう。それは、遠山家の家臣が金四郎の周辺を常に探っている証《あかし》でもあった。もっとも、自分たちは何もしていないのだから、解き放たれて当然だと金四郎は思っていた。

「どうする、金の字」

「もちろん、俺は続けて調べるよ……俺たちが、もう少ししっかりしていたら、あの大工の岩三って奴は殺されずに済んだ。どんな酷い奴だろうが、殺されていいって法はねえ」

「ふん。おまえのこった。そう言うだろうと思ったよ。千両の行き先も気になるしな」

「ああ。兄貴も少しはやる気になったか」

「おうよ……と言いたいところだが、俺はおめえほど暇人じゃねえんだ。木戸番頭としての勤めもある。あばよ」

　と言うなり、あっさりと走り去ってしまった。

「しょうがねえなア」

　金四郎は呆れ顔で見送ったが、その憎めない仕草に責める気も萎《な》えていた。いや、むしろ足手まといがなくなってよかった。

　金四郎はすぐさま、両国橋東詰の水茶屋に足を運んだが、既に夜遅く、店は閉まっていた。仕方なく帰ろうとすると、勝手口から、お咲が他の女と一緒に出て来るのが見えた。

「よう。お咲さん」

　と金四郎は何のためらいもなく声をかけた。

「あら……昼間の……」

　お咲の月明かりに浮かんだ顔が、僅かばかり不審そうに揺れたが、同じ店に勤める女を先に返してから、金四郎に近づいて来た。

「なんだい、あんちゃん。ずっと待っていたってのかい？」

「まあね」

「ふ〜ん。私は、鮪《まぐろ》の脂身と納豆は大嫌いでねえ」

「ん?」

「しつっこいのとベタベタするのがね」

「俺は案外あっさりしてる方だと思うがな」

「ふん。どうだかね」

「姐さんは何処に住んでるんだい?」

「あら。随分と遠慮会釈なく訊くじゃないか。あっさりにも程があるよ。今日、会ったばかりの人に教えるほど、私もバカじゃないんでね」

「俺だって、こんな事を女に訊くのは初めてだ。一目惚れってやつかな」

「若いってのは……本当に恥ずかし気もなく、そんなことが言えていいねえ」

「そんなに俺と変わらねえと思うがな」

金四郎から見て、せいぜい三つか四つ年上の女であろう。

「それだけ違や、充分、お姉さんだよ。からかうのはおよし。遊びの相手なら、店に来たらしてあげるからさ」

「じゃ、明日行くよ」

「そうしておくれ。でも、私、結構、気まぐれな女だからね。行く時もあれば、雨が降ったら休むこともある。あてにしないで来て下さいな」

両国橋の東詰から竪川《たてかわ》を二ノ橋の方へ歩き、弥勒寺の方へ曲がってから、小名《おな》木川《ぎがわ》の方へ向かったところで、お咲は立ち止まって、

「この辺りでいいよ」

と拒絶するように振り向いた。

「もう、ちょいと先まで一緒に行くよ。森下町に知り合いがいるんでね」

さりげなく大工の岩三の住む町を言葉に出したが、お咲はやはり何の動揺も見せず、ではその辺りまでと言って、黙って歩き続けた。まだ岩三の死については知らぬようだった。もし、知っていたら、何らかの変化はあったはずだ。

金四郎は、このお咲という女が、岩三に命じて、かどわかしをさせていたのではないかと睨んでいた。その手立てとして、お咲か岩三かが、『摂津屋』の論吉に、お咲を誘い出させたに違いない。仲間なのか、利用されただけなのかはまだ分からぬ。だが、今般の事件に関わっていることは間違いあるまい。

「じゃ、私はここで……お兄さん。私の住まいを探しても無駄ですよ」

と念を押すように微笑《ほほえ》んでから、路地に入った。その先は猿江《さるえ》の御材木置き場があるだけで、行き止まりのはずだ。金四郎は本所深川界隈も遊び回っていたから、この辺の地理にも長《た》けている。

金四郎は別れるふりをして、近くの町屋の塀の陰から見張っていると、案の定、お咲は戻って来た。誰の姿もないのを確かめると、来た道を戻り始めた。そして、大横川の近くの長屋の木戸口に来ると、もう一度、辺りを見回してから、奥の部屋に駆けるように行った。

その途端、ひっと驚いたような声を上げて、お咲は数歩、木戸口の方に戻って来た。

尾けて来ていた金四郎は一瞬、何事かと踏み込もうとしたが、お咲はすぐに落ち着きを取り戻したようで、

「――驚かさないで下さいな」

と何処かよそよそしいが、親しい相手に言うような口調で、「どうして、こんな所まで来たの。何の用？」

と続けた。木戸口の陰から見ていた金四郎からは、はっきりと見えないが、相手は男のようだった。黒っぽい羽織姿だ。月明かりも、丁度、長屋の屋根が遮っていて届かない。

しばらく何か小声で話していたようだが、お咲の方が乱暴に押し返すような仕草になって、今にも大声を出しそうであった。しつこいようなら金四郎は助けに

入らねばなるまいなと思ったが、男はすっと身を引いて、また来ると言い捨てて立ち去った。

木戸口を出て来た途端、月の光を浴びて男の顔が露わになった。

「あっ……」

金四郎は思わず声が出そうになった。と同時に、

――やはり、あの時、お咲の名を聞いて動揺したのは知り合いだったからか。

と金四郎は思った。しかも、ただの知り合いではなかろう。二人の言い争っている様子から見ても、深い仲に違いあるまい。

その男は、『熊野屋』の番頭、阿佐吉だった。

金四郎はそっと尾けようとしたが、他にも二人ほど、阿佐吉を尾けている男たちの影が常夜灯の明かりに浮かんだ。金四郎は物陰に身を寄せて、様子をじっと窺っていた。

七

翌日、お咲が店に勤めに出ると、既に金四郎が奥座敷に待っていた。酒膳を前

にして、えぼ鯛の一夜干しを肴にちびりちびりやっていたのだが、もう銚子は三本を超えていた。

「待ちくたびれたぜ、お咲」

脇息に肘を乗せて、少し赤らんだ顔で座っている金四郎を見て、お咲は微笑みかけるどころか、昨日と違って迷惑そうなまなざしを流して、

「あんた。どういう人だい」

「どういう人って？」

「私を目当てに来てくれるのは嬉しいけれど、遊び人は好きになれないねえ」

「まあ、そう言うなよ。今日は俺につきあってくれねえか」

「え？」

「女将さんにはきちんと付け届けをして、許しを貰ってる。もちろん、お咲にも日銭を払うからよ」

と言うなり手を取って立ち上がった金四郎に、お咲は戸惑いを隠しきれず、

「お待ちなさいな。いきなりなんだい」

「いいから来なよ」

「何処へだよ」

「俺のねぐらにだよ」

「冗談じゃないよ。どういうつもりだい、ねえ」

金四郎は構わず、強引にお咲の手を引いて、表通りに出た。初夏の陽射しがギラギラと照っている。じっとしていても汗ばむくらいだ。

「こんな日に、薄暗い所で酒を飲むのも、体に悪いじゃないか」

カラカラ笑いながら、金四郎はお咲に抱きつくようにして、両国橋を渡り、日本橋の方へ歩き始めた。そして、葺屋町《ふきやちょう》に隣接する堺町に来た。

日本橋堺町――江戸で一番の芝居街だ。歌舞伎《かぶき》の中村座や市村座、人形浄瑠璃《にんぎょうじょうるり》の薩摩座《さつまざ》などが立ち並んでおり、あだな軒提灯《のきぢょうちん》をぶらさげた芝居茶屋がずらりとある通りは、夜明けから晩まで大勢の観客で賑わっている。当たり看板などが鮮やかに飾られていた。

お咲は自分とはまったく縁がなかったような世界に一瞬、我を忘れたように辺りを見回していた。人の多さだけではない。どこか流れる風の匂いも違う気がする。

堺町は寛永《かんえい》年間（一六二四～四四）に村山座が出来てから、森田座や山村座のある木挽町《こびきちょう》とともに、江戸庶民にとってなくてはならない娯楽の町である。新材木町、新和泉町、岩代町などと隣接しているとはいえ、掘割や塀で囲まれており、まるで吉原のように俗世間とは別の世が造られていた。堺町には芝居に携わる者しか住んでいない。役者や戯作者《げさくしゃ》をはじめ、大道具、小道具、衣装、床山《とこやま》など様々な匠《たくみ》の者が華やいだ暮らしをしていた。まさに、芝居の中で生きているようなものだった。

謎めいたところが多いから、〝悪所〟と呼ばれることもあったが、これは悪いことをする所の意味ではなく、芝居という特別な修行をする者以外の人たちが住めない〝結界《けっかい》〟というような意味合いであった。

金四郎が、お咲を案内して歩いていると、鼠木戸《ねずみきど》という小さな木戸番ロや芝居茶屋、あるいは辻の呼び込みなどから、

「金四郎！　どうした。今日は、いい姐さんを連れてるじゃねえか」

「遊んでねえで、もっと働け」

「おい。うちの小屋の触れ込みもして来いよ！」

などと、あちこちから声がかかった。芝居街で馴染《なじ》んでいる証だった。それどころか、娘たちからも、まるで立役者でも見かけたように、「きゃあ金さん！」と色めいた声が飛んできたりする。

「金さん……か。人気者なんだねえ」

「三度の飯より芝居が好きでよ。中村座の歌右衛門《うたえもん》さんや、女形の萩野八重桜《はぎのやえざくら》さんの世話になってるんだよ」

歌右衛門は中村座の座頭であり千両役者、八重桜は堺町の町名主も兼ねている。持って生まれた金四郎の明るさなのか、鷹揚《おうよう》さなのか、勢いや張りのある芝居街の粋にぴったりはまって、町の人々に大事にされ、いつしか住みつくようになったのである。

「時には、吉村《よしむら》金四郎という名で囃子方《はやしかた》で出ることもあるんだぜ」

「ふ～ん。人は見かけによらないンだねえ。私はてっきり、女をたらし込むのだけが生き甲斐の、遊び人かと思ってたよ」

「俺も姐さんのことを、ただの男たらしと思ってたぜ」

「男たらし？」

「ま、いいじゃねえか。今日は市村座で『菅原伝授手習鑑《すがわらでんじゅてならいかがみ》』を演《や》ってる。三段目からだが、観てみちゃどうだい。芝居は朝から晩までかけて、酒を飲んだり飯を食ったりしながら観るのが一番だが、見せ場をちらりと覗き見るのも乙《おつ》なものだぜ」

金四郎は木戸番に顔で通して貰い、花道近くの桟敷《さじき》に陣取ってやった。

金四郎は何度も観ているから、終わるまで馴染みの芝居茶屋で待っていた。

茶屋では裕福な商人などが贔屓《ひいき》の役者を呼んで、芝居が引けた後に船遊びと洒落込むこともある。お咲がそうしたいと願えば、座頭に頼むつもりだった。が、芝居を観終えて来たお咲は、妙に喉が渇くと言った。

「そりゃ、芝居に夢中になってた証だ。さあ、一杯やりに行こうぜ」

芝居街の外れに『花筏《はないかだ》』という小料理屋がある。桜色の暖簾《のれん》をくぐると、店の亭主が金四郎を待っていたかのように、鮎《あゆ》だの初鰹《はつがつお》などを、「さあ、食いねえ」とばかりに大皿に盛ってきた。

到底、二人では食べきれないから、他の客に分けることになる。これが金四郎のいつものご馳走ぶりである。自分が食べるよりも人が食べるのを見ている方が楽しいという。なんとも豪毅《ごうき》だが、若造のくせに生意気だと嫉妬混じりに言う客もいる。が、金四郎は一向に気にしない。いつしか店はどんちゃん騒ぎになっている。

「金さん。あんた、毎日、こんな暮らしをしてるのかい？」

お咲は不思議そうに金四郎の顔を正面に見ながら杯を重ねた。ほのかな紅色になった頬が、さらに艶っぽく見せる。

「ああ。毎晩とはいかねえが、楽しく過ごさなけりゃな。人生は短いから」

「おや。若いのに、爺さんみたいなことを……」

「よくそう言われるよ。でも、そうじゃねえか。生まれた時のことは覚えてねえが、気づけば二十歳を二年、三年と過ぎてる。人間の一生なんてものは、桜が咲いて散るようなものだ」

「……」

「面白可笑《おか》しく生きるのも人生なら、くそ真面目に生きるのも人生。俺はまだどっちつかずだがよ、ある時、あっと思ったンだ」

「何をだい？」

「どうせ短いなら、濃密な方がいい。てことは、一日一日を大切に過ごすってことだ。たとえば今日、あんたと会って、この時を実りあるものにしてる」

「お上手だねえ」

「本当だよ。嘘をついてどうする……嘘が人間をつまらなくする。芝居の嘘は人を楽しませる嘘。嘘も方便てのもあろう。でもよ、人を陥れる嘘はいけねえやな」

金四郎がまさに老成した男のような言い草で杯を傾けるのに、お咲はじっと見入っていた。今まで会ったことのないような感じの男だった。

水茶屋には嘘を求めて来る。お咲に本気で惚れた男はおそらくいない。その美しさに惑った奴はいるかもしれない。しかし、所詮は水茶屋の女だ。背後にならず者がいるかもしれないし、口説いたところでどうせ本気にはしてくれないと客も思っている。偽の恋を、ほんの一夜限りしているようなものである。

だから、水茶屋に勤めているような女に限って、真実の恋を欲しがる。だが、お咲のような女は、

――石に咲く花。

いわば〝造り花〟のようなもの。花には土が必要だ。水をやって、土が肥やしになって、綺麗な花になるが、石は滋養にならぬ。所詮は、偽の花だと揶揄されている、と投げやりにお咲はつぶやくのである。

「俺はそうは思わねえよ、お咲……」

と金四郎は真っ直ぐな瞳で見つめて、「念ずれば花開くという。だとしたら、石に咲く花があってもいいじゃねえか。俺は、あんたの石になってもいいぜ」

「……」

本当に口説いているのか、からかっているのか、お咲にも分からなかった。だが、金四郎はニコリと微笑みかけて言った。

「今夜はとことん飲もうじゃねえか」

八

明け方まで、二人は二軒、三軒と梯子酒《はしござけ》をして、終いには役者たちが立ち寄る芝居茶屋の二階で居残りのように寝転がっていた。

障子戸が音もなく開いて、川風が入って来たとき、お咲はふと目を覚ました。隅田川が意外と近いことに気づいて、

「気持ちのいい朝だねえ……」

と綺麗なうなじを撫で上げながら、お咲は呟いた。障子戸の外の手摺りに凭《もた》れかかって、金四郎は芝居街の通りを眺めていた。もちろん客は一人もおらず、猫の子一匹通っていない。

「朝、誰もいねえこの道を見るのが好きでねえ」

「え？」

「朝日が出るまでの、このほんの短い一時だけが、本物なんだよ」

「本物？」

「ああ。芝居の町だからな、いわば化粧衣装で飾られていく。それが丸一日、夜中まで続く。所詮はハリボテの町だ。でも、お話で塗り固められたその奥には、本当の人間の業《ごう》の深さや情けの有り様が刻まれてる。この静けさが、朝日に照らされて、本物が偽物を被《かぶ》されていくから、歌舞《かぶ》くって言うのかねえ……だから、ほんの一瞬、この時が真実に見えて仕方がねえんだ」

「金さん……あんた随分と洒落てるじゃないか。歌人か俳諧師《はいかいし》になればどうだい」

金四郎は既に茶屋の裏手にある湯屋で、朝風呂を浴びてきている。お咲にもどうだと勧めると、気持ちよさそうだねえと言っただけで、立ち上がろうとはしなかった。

「あんたのいう、本物の一時というのを見てからにしようじゃないか」

と隣に座り直した。横に崩した膝が金四郎の胡座《あぐら》に当たった。その瞬間、ちらりと二人の目が合ったが、金四郎はふっと微笑んだだけで手も握ろうとはしなかった。お咲からすれば、じれったく感じたが、なぜか不愉快な思いはしなかった。むしろ素直になれた。

「どうしてなんだい」

「え？」

「なんで、私にこんな親切を？」

「親切……そんなんじゃねえよ。言っただろう。楽しく生きたいからだ。そして、あんたにも、そうなって欲しいから」

　お咲は少し困った顔になってから、覗き込むように、

「──口説いてるのかい」

　金四郎はそれには答えず、優しい声で訥々《とつとつ》と囁《ささや》いた。

「そういや、なんとなく思い出したよ」

「え？」

「姐さん……どっかの療養所なんかで、薬代だといって、他人様《ひとさま》に恵んでたことがなかったかい？　惜しげもなく大金を」

「私が？　まさか」

　お咲は自嘲気味に笑って、窓の外を見やった。

「そうかい……でも、しばらく、この町にいた方がいい。そしたら、俺が守って

やれる」

「守る……どういうこと？」

「言っただろ。芝居街は〝結界〟みたいなものだから、余所者《よそもの》が入ってくれば分かるんだよ。なんとなくな」

「余所者……」

「お咲を狙う者が手を出せないように、俺が守ってるんだ」

頭がどうかしたのかと言いたげな目で、お咲は見つめたが、金四郎は真顔のままで、

「一昨日の晩、『熊野屋』の番頭、阿佐吉が訪ねて来ただろ」

「……あんた、やっぱり尾けて来ていたんだね」

俄に不愉快になったお咲を金四郎は宥《なだ》めるように、そっと肩に手を置いた。

「まあ、聞いてくれ。阿佐吉も他に誰かに尾けられていたが、それは……『熊野屋』の用心棒だった。俺がすぐさま調べたんだよ。だから、俺はまたおまえの長屋に戻って、誰も手を出せねえように一晩中、張ってた」

「だって、私が店に行ったときに……」

「ああ。他の者に入れ替わりに見張りを頼んでな。俺はあんたを誘うために、水

茶屋まで行ったわけだ」

「何のために、そんな……」

「あんたを守りたいからだよ。あんた、阿佐吉とはどんな関わりがあるんだい？

ただの知り合いには見えなかったが」

「……」

「言いにくいなら……じゃ、岩三とは、どういう仲なんだい」

岩三の名を金四郎の口から聞いて、お咲は驚きを隠せなかった。うたた寝をしていたのに、急に冷や水を浴びせかけられたように、腹立たしさも膨らんだ。だが、金四郎はそうなるのも承知していたかのように、

「怒らねえでくれ。俺は、お咲を守りたいだけなんだ」

「どうして、会って間もないあんたが、私を……」

「岩三は死んだよ。おそらく、殺されたんだ。かどわかしの仲間にな」

「殺された……!?」

お咲は本当にまだ知らないようだった。

「おまえとどういう関わりか知らないが、いずれ、お咲の所にも、町方同心は訪ねて来るに違いあるまい。奴は、岩三は、『熊野屋』の娘を人質に、千両箱を脅

し取った男だ。知ってるんだろう？」

「……」

「水車小屋……これで分かるだろう？　何しろ、俺が千両箱を担いで走り回ったンだ。お咲、おまえの顔もしっかりと見たんだよ」

それで水茶屋に探りに来ていたのかと、お咲は思ったのか、悔しそうに厚い下唇を噛んで、鼻を突き上げるように流し目になった。だが、不用意なことは言わぬとばかりに、じっと黙っていた。

「だが、俺には分からねえことがあるんだ」

金四郎は窓辺から離れると、胡座を組み直して座った。

「うまい具合に、『熊野屋』の娘、おゆみが、『摂津屋』の諭吉の所へ行っていたということだ。これは、もしかして、お咲、おまえが仕組んだことじゃないのかい？」

「……」

「かどわかしに見せかけて、その間に、身代金をせしめる。なぜ、『熊野屋』を狙ったのかは分からぬが……お咲の長屋に、阿佐吉が訪ねたのを見たとき、もうひとつ裏に何かある、俺はそう思ったんだ」

お咲は堪えられないようにそっぽを向いたが、金四郎は続けた。

「だけど、あんたも狙われている。そう思ったんだ。なぜなら……岩三を斬り殺したのは、『熊野屋』の用心棒だからだ。ああ、これも一晩かけて調べたんだよ。なに、浪人者の素性なんざ、ちょちょいと調べればすぐに分かる」

「……」

「しかも、岩三は胸を一突きで殺されていた。べったりと血が流れるくらいにな……俺は、尾けた用心棒を挑発して、刀を抜かした……するとどうでえ、その一人の刀には血糊がべったりだ。ろくでもねえ刀扱いしかしねえから、そんな様《ざま》だ。血ってなあ、よほど手入れしても、なかなか拭いきれないものだぜ」

「あんた一体……」

驚きを隠しきれないお咲だが、それでも知らぬ存ぜぬを通すつもりであろう。キリッと口を一文字に閉じたままである。半分閉じた瞼《まぶた》はぶるぶると震えていた。

「つまり……『熊野屋』が岩三を殺したというわけだ。ああ、俺には、後はお上に任せるからと言いながら、その裏で、岩三を殺していたんだよ。そして、千両箱は奪い返したんだろう」

金四郎はそこまで言って、もう一度、お咲を見つめ直して、しみじみと言った。

「なあ、お咲……俺はおまえのことは、何も知っちゃいねえが、今なら、まだ引き返せるんじゃねえか」

「……」

「幸い『熊野屋』の娘は無事だ。千両箱も戻った。となると、危ないのは、おまえの身だ……これは俺の考えだが、おまえは何か『熊野屋』に怨みがあって事を起こした。岩三には、その手伝いをさせただけじゃねえか？　だとしたら、岩三が死んだのは、おまえのせいってことになる。違ってるかな。なあ、怨みはつまらないぜ。怨みは人の心をだめにする。本物でなくて、偽物にする。あんたは、本当は、石に咲く花なんかじゃないはずだ」

一気呵成《いっきかせい》に金四郎は話したが、

「……何の話をしてるか、私にはさっぱり分からないねえ」

と明瞭な声になると、お咲は睨みつけるように向き直った。

「私に優しい声をかけて、色仕掛けみたいにして近づいてきたのは、こういうとだったのかい。あんた十手持ちなのかい？　だとしても、私は何も知らない」

「だったら、『熊野屋』の番頭は？」

「知らないねえ。あんたの見間違いじゃないのかい？　ふん。何が、人生は短い、楽しく暮らしたいだよ。とんだ道草を食わされたもんだ。はは、私としたことが、水茶屋の客に弄ばれちまったよッ」

と言うなり、お咲は立ち上がって、滑るように廊下に出た。

「待てよ。今頃、『熊野屋』の用心棒が、おまえを探してるかもしれない」

「あんたに関わりないだろ！　ほっといておくれなッ」

お咲は声を限りに叫ぶと、そのまま階下に駆け下りた。金四郎はすぐさま追いかけて、後ろから羽交《はが》い締《じ》めにしようとしたが、お咲は金四郎の胸を突き飛ばすと、潰し島田の銀簪をスッと抜いて、自分の喉に突きつけ、

「近づくんじゃないよ。それ以上、余計な事をすると、ここで死んでやる」

「お咲……」

「私は他人様に情けを受けなきゃならないような女じゃないんだ。殺されるなら、殺されたっていい。来ないで！」

と大声を張り上げると、お咲は茶屋から転がるように駆け出て行った。

九

その昼下がり、南町同心の村上が中村座を訪ねて来た。お咲が飛び出してからすぐに、金四郎は、八丁堀《はっちょうぼり》の村上の屋敷まで訪ねて、素性を調べるように持ちかけていたのである。

「金四郎はいるか」

村上の顔はいつになく険しく、今にも突っかかって来そうに不機嫌だった。舞台作りの手伝いをしていた金四郎は、天井から柱を伝ってするすると降りて来ると、

「分かりやしたか、旦那」

と期待の目で近づいた。村上は傲慢《ごうまん》そうな面構えのままで、

「てめえ……散々、隠し事をしておいて、困ったときには、お上を利用しようって魂胆《こんたん》か。始末の悪い奴だ」

「そんなことより、お咲は守ってくれていやすか？」

「おまえに指図されるまでもねえ……と言いたいところだが、あの女は店にも出

ず、長屋にも帰っておらぬ」

「じゃあ……」

「いや。『熊野屋』も訪ねたが、どうにかしてる節はない」

「どうにかって、旦那、ちゃんと調べる気があるんですかい？」

「てめえに言われるまでもねえと言ったであろう。万蔵たち岡っ引や下っ引が『熊野屋』を張り込んでるよ」

「お咲の身の上は……！」

「まあ聞け、金四郎。おまえがなぜ、そこまでお咲に肩入れするのか知らぬが……あの女の父親はな、その昔、『熊野屋』に雇われていた薬師《くすし》だったそうだ」

「お咲の父親が？　旦那もやるときはやるねえ」

意外なことを調べ出してきた村上を、金四郎は持ち上げた。が、そんな軽口には乗らず、村上は続けた。

「お咲の父親は、幸蔵《こうぞう》といって、公儀の小石川の薬草園でも働いていたことがある。御殿医でもあてにするくらい薬作りの技に長けていたらしい」

「その父親が、甚五兵衛と何かあったとでも？」

「分からぬ。だが、三年程前に、店を辞めた後に自害をしてるのだ」

「自害……」

「ああ。品川宿の外れの松林で首を吊って死んでいた」

「その訳は？」

「熊野屋が作った薬のせいで、何人もの人が死んだらしい」

「死んだ……⁉」

「その薬は、南蛮渡りのものに、薬草を混ぜて作る、特に老人の血脈の高い者に効いて体を楽にする薬だということで、沢山売られたらしい。『血命丸』というものだ」

「聞いたことがある」

「しかし、その薬によって、十人近い死人が出た。ぽっくりと〝のぼせ〟みたいになって死んだのだ。だから、親兄弟を亡くした者たちは、その薬が悪いのではないかと、『熊野屋』に文句を言ってきた」

だが、『熊野屋』は薬のせいではないと断固、突っぱねた。町奉行所でも調べることとなって、『血命丸』の成分を養生所の医師らに調べさせたが、特に異常はなかった。だから、謝罪も弁償もすることは一切しなかったのだ。

薬との因果関係を確定するのは難しいものだ。『血命丸』によって、たしかにほとんどの人が、今でいう高血圧を抑えることができて、心の臓への負担が軽減していたからである。

しかし、肝心な薬を作った当人が、その薬の調合は間違いだった、と言ったから、事は大きくなりかかった。

「調合の間違い？」

金四郎が身を乗り出して訊くのへ、村上は険しい顔で説明した。

「アシタバやエビスグサなど十数種の薬草を混ぜ合わせて作ったらしいのだが、効き目が強すぎるとかえって心の臓に負担をかけたり、頭が朦朧《もうろう》としたりするというのだ」

「それを承知で、『熊野屋』は売ったと言うのかい」

「店の名のとおり、霊峰熊野山で摘まれた薬草による効き目の早さが売りの薬種問屋だからな。どうしても、強い薬にせざるを得なかったんだろうよ……もっとも今は『本命丸』という違う薬に変えてるがな」

「まさか……ひょっとして、『血命丸』って薬を調合した者が……」

村上はこくりと頷いて、

「お咲の父親だ。薬師として、間違いを犯した。そのために人が死ぬことになってしまったと、遺書を残して死んだ……らしい」

金四郎は腕組みでうなった。では、何故、お咲が『熊野屋』を脅して、千両もの金を奪おうとしたのか分からなかったからである。

「――旦那。その親父の死に、何か不審な点はなかったンですかい？」

「不審な点？」

「ああ。たとえば、本当は自害ではないとか……」

「どうして、そう思う」

「『熊野屋』を怨みてえのは、その薬で死んでしまった者の親兄弟じゃねえか。お咲は、いわば害を加えた方だ……だが、お咲が熊野屋を怨んでいるってことは、主人の甚五兵衛とお咲の親父の間に何かがあったと考えるのが自然じゃないかと思いやしてね」

「ふむ。面白いことを言いやがる。そこまでは調べてないが、奉行所で書類をひっくり返せば何か出て来るだろうよ」

「それとついでに、番頭の阿佐吉のことも調べなすった方がいいですぜ」

「番頭……」

「あいつは、どうやら、お咲とは深い仲のようなのだ」

「阿佐吉は以前、幸蔵の下で働いていた薬師だった。こいつもなかなか優秀らしくてな、幸蔵は可愛がってたらしい」

「奴も薬師？」

「うむ。だから、お咲とは行く末を誓っていてな。それを幸蔵も楽しみにしていたって話だ。もっとも、ただの噂だがな」

「それでか……」

「ん？」

「なに、真夜中に、お咲の長屋に訪ねて来てたからよ」

「ほう……そんなことがな」

村上はにんまりと微笑んでから、「それにしても金四郎。おまえが、とっとと、お咲のことを話してりゃ、遠回りをせずに済んだのだ。お咲も、お上が守ることができたはずだ」

「そうですかねえ……」

金四郎はそれこそ訝しげな目になって、「お上は一旦、〝下手人〟と見立てて捕まえりゃ、どんな屁理屈をつけてでも、ない証拠を探し出して、罪を作ろうとする。真実を見ようとしねえ」

くだらないことを言ってしまうが、

「そんなことはない」

「いや。その証に、お咲の父親の自害だって、本当は怪しいのに、ほっとかれたままじゃねえか。俺は俺のやり方で、お咲を守ってやりたかっただけだ。石に咲く花にしたくなかったんでね」

「石に咲く……？」

村上は不思議そうな目になって、「金四郎……おまえは、一体、何者なのだ。お奉行が直々に、解き放てと言ってきた。まだ、大した調べもしていないうちにだ……ただの遊び人じゃあるまい。何者なんだ、おまえは」

「俺かい？　俺は俺……金四郎だよ」

十

岡っ引の万蔵が張り込んでいた旅籠《はたご》の二階からは、『熊野屋』の裏庭が見下ろせて、店の者の動きが手に取るように見える。

石蔵《いしぐら》と母屋の隙間だけは、死角になっていて、はっきり分からないが、今のところ、不審な人物の出入りはないという。

金四郎が階段を駆け上って来ると、万蔵は不機嫌な面構えで、

「若造。何処に入って来てるンだ。いつから御用聞きになったんだ、エッ。ここは、おまえなんかが……」

と言いかけたところへ、後ろから村上も来たので、押し黙った。別に金四郎を贔屓にしているわけではないが、村上の態度が万蔵にはそう見えた。少し不満の溜め息を洩らしたが、張り込んでいた報告をきちんとした。下っ引も店の表、裏、路地の隙間などに張り込ませていたのだが、特段、変わった様子はない。

「村上の旦那……こんな所で油を売ってるより、『熊野屋』の用心棒をしている浪人二人を探して欲しいんですがね」

金四郎は何か確信に満ちた顔で言った。

「なんだと？」

「見たところ、用心棒の浪人たちも店にいる様子はない。てことは、岩三を殺して、とっとと何処かに逃げたのかもしれやせんぜ。俺は……」

話が終わらぬうちに金四郎は、今来たばかりの階段を降り始めた。

「待て、金四郎。何をするつもりだ」

「俺は『熊野屋』にちょっと探りを入れにね」

「何のためにだ」

「お咲のためですよ」

「どうして、おまえはそこまで、あんな女に関わりたがる」

「あんな女？　旦那……あんな女って、旦那はお咲の何を知ってるんで？　確かに、男には啖呵を切って、ぶっ飛ばすような勝ち気なところがある。でもね……あの女は実は……色々な養生所を訪ねては、水茶屋で稼いだ金を、こっそりと恵んでいたんですよ」

「なんだと？」

金四郎は毅然と村上に向き直って、そんなお咲の姿を何度か見かけたことを話した。

たしかに最初に水車小屋で顔を見たときに思い出したのは、客に啖呵を切る姿だったが、もっと他でも何度か見たことがあると心に引っかかっていたのは、病人を慈《いつく》しむお咲の姿だった。町場をいつもぶらぶらしている金四郎だからこそ目に残っていたのだ。

「旦那……お咲を助けることで、かどわかしの真相も分かるんじゃねえのかい。ああ、俺は、お咲がやったことだと踏んでいる。だが、岩三殺しは、『熊野屋』

の主人がやらせたことだ。人殺しは打ち首か獄門だろう？」

そう言い放って、階段を駆け降りた金四郎は表通りに回り、堂々と店に入った。

「これは、金四郎さん」

甚五兵衛の方から声をかけてきたが、金四郎は店内をぐるりと見回して、

「番頭の阿佐吉さんは？」

「阿佐吉ですか……体の調子が悪くてね、しばらく休みたいと」

「休みをねえ」

と金四郎はまったく信じてないように、もう一度、店内を見回してから、「だったら、ご主人に話がある」

「私に？」

「ああ。先日の、かどわかしのことですよ」

「そのことなら……」

「お上に任せた割には、あっさりと岩三が殺された。あれは、お咲の馴染みの客だったらしいがな。利用されるだけされたうえに殺されて、可哀想なものだよ」

「何の話ですかな」

金四郎の投げかけた話に乗らないぞとばかりに、甚五兵衛は恬淡《てんたん》としたまなざしを向けていたが、薬の話をした途端、目つきが変わった。

「お宅の薬で十人近い人が死んだ。そのことで、幸蔵さんが自害したとか」

「幸蔵はクソがつくくらい生真面目《きまじめ》でね。人一倍、責任を感じる人ですから、自分の過ちを認めたのでしょう」

「売った店の責任もあるんじゃねえのか?」

「もちろんです。ですから、その後は、その薬は売っておりません」

「違うだろ? 『本命丸』という別の名で売ってるじゃねえか、同じものを」

「……え?」

「そんなことは、こちとら、とうに調べてるんだよ」

嘘である。ハッタリで言っただけだ。

「俺はよ、ご主人。あれから色々と考えてみたんだ。なぜ、岩三が殺されたか。そして、お咲まで、その動きを見張られていたか」

「……なぜ、そんなことを」

「話すのかって? そりゃ、岩三を殺したのが、おたくの用心棒……たしか磯崎と若松と言ったかな……そいつらの仕業だからだよ」

「ばかな」

「お咲は、あんたに怨みを持っていて、岩三を使って身代金騒ぎを起こした。おそらく、その千両は、『血命丸』を飲んで死んだ人に分け与えるつもりだったんだろうよ。『熊野屋』が一言も詫《わ》びなかったから」

薬種問屋は詫びたらおしまい、とでも言いたげに、甚五兵衛は目を細めていた。

「ところが、あんたは、お咲の仕業だと気づいた……なぜならば、お咲は、娘のおゆみと顔見知りどころか、『摂津屋』の倅、諭吉とおゆみが恋仲で、その相談役だってことを知っていたからだ……だから、あんたは、おゆみがかどわかしではない、と分かったとき、『お咲の仕業だ』と勘づいたんだ」

「……」

「お咲は、あんたの左腕だった薬師、幸蔵さんの一人娘だ。しかも、お咲は、自分の父親だけが、責任を取って死んだ……いや、本当は殺されたと思っている。だけど、お上は自害としか判断せず、薬が一体、どうやって作られて売られ、人の命を奪ったかが、うやむやのままもみ消されてしまった」

甚五兵衛は不愉快な顔をしていたが、金四郎は構わず、淡々と続けた。

「だから、お咲は、あんたに一矢報いたいと思って、かどわかしを仕組んだ。けど、千両を奪い返すことよりも、あんたにとって肝心なのは、薬の秘密が世に出ることだ。幸蔵さんは……本当は、『血命丸』を世の中に出したくなかったんじゃねえのか？　危険を知っていたから。だけど、あんたは強引に出した。そしたら、やはり死人が出た……そのことで苦しんだ幸蔵さんだけに、あんたは責任を押しつけたんじゃねえのか？」

「ふん……よくもつまらぬ事をペラペラと」

呆れたように甚五兵衛が言うのへ、金四郎は突如、上がり框《かまち》にドンと履物のまま片膝を立てて、

「ようよう。人の話をつまらねえと言う前に、てめえの悪事を認めちゃどうでえ、おう！　こちとら、暇潰しで来てンじゃねえんだ。人が死んだ薬を、いけしゃあしゃあと知らぬ顔で売りやがる、てめえの薄汚ねえ根性が我慢ならねえから来てンだ！」

といきなり啖呵を切ったものだから、手代たちは驚き、店内にいた客たちもそそくさと片隅に逃げるように散った。

「そんなにいい薬なら、甚五兵衛、おめえも血脈の具合がよくねえらしいから、

飲んでみたらどうでえ！　え！　さあ、飲んでみなッ」

「……」

「無理だろうよ。そんなきつい薬を飲めば、一時《いっとき》は治るかもしれねえが、長く続けりゃ必ずポックリいく。てめえは薬屋のくせに、人を殺すのか、え！」

役者が見得《みえ》を切るように、ダンと床を鳴らすと、びくっと甚五兵衛は背筋を伸ばしたが、バレないと自信があるのだろう。頑として口を開かなかった。

「そうかい、そうかい……そこまで、白を切るならしょうがねえ。次郎吉兄貴！」

と声をかけると、店の外から次郎吉がお咲と阿佐吉を連れて入って来た。甚五兵衛は一瞬、驚いた顔になったが、どうして二人がここに来たのか分からない様子だった。

「何を驚いてやがる、甚五兵衛」

「あ、いや……」

「てめえが殺させたはずの二人が、どうしてここにいるか不思議なんだろう？」

金四郎は射るように甚五兵衛を睨みつけた。

「おまえは昨晩、用心棒二人を使って、こいつらを根津の寮に連れ込んで殺そうとした。だがよ、この次郎吉の兄貴は俺より鼻が利くやつでねえ。身も軽い。腕っ節はいまひとつだが、罠を張るのは一流よ。今頃は、おめえっちの用心棒は、蜘蛛《くも》の巣みてえな縄に絡んで、寮内の井戸にぶら下がってるだろうよ」

「……」

「阿佐吉も……改心したぜ。そうだろう?」

と金四郎が促すと、阿佐吉は甚五兵衛の前に進み出て、両手をついて、

「旦那様……もう私には堪えられません。もし、お咲が今般のような騒ぎを起こさなければ、私も一生……一生、黙っていたかもしれません。でも、あの薬だけは間違いだった。それは、幸蔵さんが常々言っていたことです。そして、死人が出た後のあなたの態度といったら……」

「黙れ、阿佐吉。誰が、おまえを番頭にしてやったと思ってるのだ」

「いいえ黙りません。私こそ、酷い男です。あなたが……あなたが、幸蔵さん一人のせいにして、自害に見せかけて殺したことを、私は気づいていながら、知らぬふりをしました……あなたに脅されていたからです……全てを失いたくなかったからです……」

「知らないね。私は何も知らない」

　あくまでも甚五兵衛は己の非を認めなかったが、村上がぶらりと入って来ると、

「甚五兵衛……磯崎と若松、二人の浪人が、おまえに命じられた岩三殺しを吐いたぜ。今し方、捕方が連れて来たよ」

「……」

「ともかく、ゆっくり奉行所で話を聞かせろや、なあ」

　村上が睨みつけたが、それでも甚五兵衛は悪態をつきながら、「知らぬ。浪人が勝手にやったことだろう」などと呟いていた。

　お咲は眩《まぶ》しそうに金四郎を見つめていた。

　芝居街の一角にある『さくら長屋』に、金四郎は来ていた。もちろん、『彫長《ほりちょう》』で、桜の花びらを一枚だけ彫って貰うためである。

　女彫物師はいつものようにしなやかで滑らかな手付きで、金四郎の背中をまさぐっていた。

　桜の花びらが二輪、三輪と増えてはいくものの、まだ一房の桜も描かれていなかった。

「これで最後だよと言いながら、随分と描いてきたものだねえ」

「……」

「また一人、悪党をやっつけたってことかい？」

「悪党……さあ、どうだかな」

「なんだい、曖昧なことを言うんだねえ」

「世の中、割り切れないことばかりだと思ってよ」

「そりゃ、そうさね」

彫長の繊細で優美な手先が、さらに金四郎の肩のあたりを撫で、その顔が息づかいが耳たぶにかかるくらいに少しずつ近づいてきた。

傍から見れば、仲睦《なかむつ》まじく寝転がっているようにも見える。妖艶で美しい彫長の切れ長の目が、金四郎の間近にあった。

「うっ……」

と金四郎が痛そうに頬を歪めると、

「この辺りは、脇の下と同じで、結構、痛いんだよ。やめるかい？」

先代の父親を継いで、女だてらに彫物師になったのだが、名人と言われた父に近づいてると、誰もが認めている。

「痛いんじゃねえよ。彫長さんの指先にちょいと感じただけだ」

「そんなことを言うと、ぐっさりといくよ」

「はは。彫長さんにならﾞ、深く抉《えぐ》られても構やしねえよ」

「ふん。若いくせに生意気言うんじゃないよ。ほら、肩をもう少し上げな」

　金四郎は言われたとおりにしながら、お咲と阿佐吉が縒《よ》りを戻し、そして、『熊野屋』は、娘のおゆみが『摂津屋』の諭吉と一緒になって、店をひとつにすることで、闕所《けっしょ》を免れることができたことを話した。

「それも金さん。あんたのお陰じゃないかえ？」

「そうかねえ……」

「あらら、湿っぽいこと。それとも、お咲って女に惚れてたのかなあ」

「そんなんじゃねえよ。彫長……いや、お蝶《ちょう》さん……」

　この名が本当かどうかも分からない。ただ、内股に蝶の彫り物があるから、金四郎がそう呼んでいるだけだが、彫長は気前よく返事をしてやっていた。

「なんだい。さっきからしみったれた声でさ。金さんらしくないぞ」

「人はなぜ金なんかのために、命を大切にしねえのかと思ってよ」

「それも人、でしょうよ」

ちくりちくり、彫長の手にする針先が何度も肌に触れるたびに、金四郎は人の心の痛みも分かるような気がしてくるのだった。

第二話　貢ぐ女

一

芝居の終幕の刻限が過ぎると、突然、ドドドンドドドンと花火の音が鳴り響いた。堺町からも、芝居小屋の櫓《やぐら》や茶屋の二階に上がれば、隅田川の空に華やかに開く花火を仰ぎ見ることができた。

芝居街の外《はず》れには隅田川に繋がる掘割があって、幾艘かの屋形船が、小屋から流れて来た客を乗せている。

夜明け前から船に乗り、隅田川を上り下りして、一杯やりながら芝居見物へと移行する。それから、また飲み食いして観劇して後、夕暮れになると、屋形船に戻って花火を見ながら酒盛りを続ける。まさにお大尽気分を味わえる夏の宵だった。

屋形船がゆっくりと、船着き場から離れたときである。停泊していた船の後に静かに渦が巻いて波が起こって、ぽかりと川底から白装束の女が現れた。

船客はまったく気づく様子はなく、行く手の空に咲き乱れる花火ばかりを見上げていたが、ぐいと漕ぎ出した船頭は櫓《ろ》の動きに違和感を感じて、川面《かわも》に目を落とした。

「……う、うわあッ」

と叫ぶと同時、漕ぐ腕が乱れたので船体がゆらりと傾いて、客たちの間にもちょっとした悲鳴が起こった。腰が抜けそうなのを、ようやく我慢して、もう一度、川面を見やった船頭の目に、透き通るような白い顔の女が川面に浮かんでいた。唇だけがやけに赤くて、血で濡れているように見えた。

すぐさま、堺町自身番の家主の権蔵《ごんぞう》が岡っ引や番太郎を引き連れて来た。南町同心の村上浩次郎が来るまで、引き上げた女の亡骸《なきがら》をきちんと保存し、初めに見つけた船頭も引き止めておかねばならない。お陰で、花火遊覧の客たちは嫌な思いをせざるを得なかったが、人一人が死んでいたのだ。供養《くよう》のつもりで船遊びくらい我慢せねばなるまい。

権蔵について来た金四郎は、女の死体を見て、あっと息を飲んだ。

「どうした。知ってる顔か？」

「へ、へえ……」

金四郎が曖昧に返事をするのへ、権蔵は険しい〝捕り物顔〟になって、

「知ってるなら、そう言え。仏の身元を探す手間が省けるってもんだ」

と言った。権蔵も堺町にありがちな、元は何処《どこ》から来たか分からない男だ。

芝居街は余所者《よそもの》が浮き草のように流れ着いて、いつしか居着く者が多い。もう四十半ばであろうが、はっきりした歳は分からないが、屈強な体軀《たいく》や、少しばかり言葉が荒いところを見ても、昔はかなりの暴れ者だったに違いない。だが、自身番の家主は、奉行所や町名主から信頼がなければなれない。金四郎もまた、頼りにしている男だった。

「こいつは……鞠《まり》といって、俺の幼馴染《おさななじ》み、みたいな奴だ」

「幼馴染み……」

「ああ。わずか一年程だが、うちの下女として働いてたこともある」

「下女……？」

権蔵は訝《いぶか》しげに金四郎の横顔を見たが、まんざら嘘をついているようでもない。はっきりとした身分は知らないが、町人ではなく、どこぞの武家であること

は察していた。

　もっとも、金四郎は己が身分をあえて隠そうとはしていない。事あるごとに、旗本遠山家の息子だが、遊びが過ぎて親に勘当され、町場で起居していると話しているが、誰もまともに信じていないだけのことだ。

「ああ。うちにいた、鞆に違いねえ……実は、十日程前にも、ばったり中村座の前で会ってな……元気そうにしてたんだがな」

「十日程前にも？」

「よほど縁があったのか、こいつが屋敷を離れて三年が過ぎる……丁度、俺が家を出た頃と同じなんだが、たまさか何度か会った。男に惚れやすい女でな……幸せそうにしてたんだがな」

「その時、男も一緒だったのかい？」

「たしか一緒だった。ちらりとしか見なかったが、粋な職人風で、役者みたいないい男だったよ。鞆のやつ、顔でころっと騙される女だったからな」

「男がいたのか……」

　と権蔵は唸りながら、遺体を詳細に調べていたが、確信を得たように頷いた。

「医者に検死させなきゃ、はっきりはしめえが、俺の見立てでは、これは心中のし損ないだな」

「心中……」

「ああ。見てみな」

と十手の先で、手足に残っている紐で縛った痕を指した。くっきりと青痣《あおあざ》になっている。おそらく他の誰かと手足を一緒に結んでいたに違いないと、権蔵は言う。そして、男物の帯と、女の足に絡んでいたという、やはり男物の履物があったというのだ。

「てことは、権蔵さん……」

「ああ。この女は多分、心中の片割れだろうよ」

「心中の……」

「生きていたところで、三日三晩晒《さら》されて、首を刎《は》ねられる。ま、それを覚悟でやったことだろうが、何も死ぬことはねえのにな。それとも、よほどの何かが……金さんよ、おまえ何か心当たりはねえかい」

「……」

「幼馴染みみたいなものなんだろう？」

「――それだけのことで、屋敷を出てから、何処でどう暮らしてたのかは、はっきりとは知らないんだ」

金四郎は半分嘘をついた。まったく知らないことはない。いや、およそのことは見当がついている。

実は鞠は、深川七悪所のひとつで、遊女をしていた。春をひさぐ女になっていたのである。岡場所に遊びに行って、見かけたのだが、お互いに知らぬ顔をしていた。鞠の方も金四郎が、旗本の御曹司《おんぞうし》だと承知していたので、あえて声をかけなかったのだ。

だが、その日、たまさか会ったことで、金四郎は鞠のことが少々、気になった。屋敷にいたときには、家中の者がふざけて尻や膝をちょっと触るだけで、ポッと頬を赤らめて、もじもじとなる娘だったからである。はにかむ様子が可愛らしいから、中間《ちゅうげん》にまでからかわれていた。そんな娘が遊女になっていたのだから、どんな事情があったのか、金四郎は知りたかったのである。

その頃の客に、ある大店《おおだな》の旦那がいて、素朴で純情な鞠のことが気に入って、通い詰めた挙げ句、身請けをした。まだ何年も年季を残していたから、随分と金がかかったはずだ。それでも、よほど鞠に惚れていたのであろう。根岸の寮に住まわせて、悠々自適の暮らしをさせていると風の便りに聞いた。

しかし、旦那が急な病か何かで亡くなったらしく、その内儀と息子夫婦たちに店を追い出されてから、水茶屋の女などをしていたようだ。

そのうち、海老蔵《えびぞう》という売れない絵師と一緒に住むようになり、水茶屋の給金では足らず、またぞろ上野界隈《かいわい》で、〝ちょんの間〟稼ぎをするような女になったとのことだった。

その後のことは知らない。だが、十日程前に会ったときには、男と一緒だったし、実に幸せそうな顔をしていたのだ。金四郎はその姿と目の前の亡骸とが、どうしても結びつかなかった。

権蔵の言うように、心中の相手がいるとしたら、あの時、一緒にいた男であろうか。だが、どうしても、顔を思い出せなかった。

「どうした、金四郎。本当は何か思い当たる節があるんじゃねえのかい」

さすがは自身番の家主だ。微妙な表情の変化から人の心の中を穿《ほじく》り出すのが上手《うま》いと思ったが、金四郎はやはり、

「はっきりとは知らないんですよ」

とはぐらかした。だが、心の中では、

――鞠をこんな目に遭わせた奴は、たとえ心中であろうと許さねえ。俺が片を

つけてやる。

なぜ、お上に任せられないかは己でも分からなかった。ただ、父親が幕府のお偉いさんだし、自分はそのことに反発をして家を出ていることが関わっていたかもしれない。と同時、お上のやることは悉《ことごと》く信用できない、というのが金四郎の思いでもあった。

金四郎は筵《むしろ》に安置された鞠の手をそっと握ってみた。凍ったように冷たかった。が、唇の紅だけはやけに赤い。

「なぜ……なぜ……私を殺したの……金四郎さん、助けて……」

鞠はまるでそんなことを言いたげな顔をしていた。死んでも死にきれない執念で、無明の深淵からそう叫んでいるように見えた。

二

南町定町廻り同心の村上浩次郎が、芝居街の中村座を訪ねてきたのは、翌日の昼下がりだった。

「金四郎はいるか」

いつもの野太い声を上げて、翌日から始まる芝居の準備に余念のない大道具を組み立てている職人たちの苛立ちを喚起した。

「金公？　またぞろ、どっかで油を売ってやがるんだろう」「こっちが探して貰いてえくらいだ、このクソ忙しいのに」「奴は、普段は真面目だが、何か事件があるとまるで鉄砲玉だ」

　などと不満の声が上がってくる。

　村上はそんなことは俺のせいじゃない、とばかりに文句を返すと、二階奥から出て来た萩野八重桜が声をかけてきた。八重桜は四十半ばの人気の女形でありながら、堺町の町名主をしている男だ。

　南町定町廻りと言いながらも、芝居街が担当になっている同心は、〝堺町廻り〟と呼ばれている。

「これは村上の旦那、ご苦労様どすな。昨晩の心中の片割れの件ですね。男の方は見つかったんでっか」

　元々は上方歌舞伎の出だから、少しばかり大坂訛《なま》りがある。坂田《さかた》藤十郎《とうじゅうろう》と並び称せられる名優萩野八重桐《やえぎり》の流れを汲む女形だが、普段はただのおっさん。町場を歩いていても、誰も決して八重桜とは気づかないであろう。

「それがな、町名主さんよ……」

と村上は半ばからかうような口調で、「おめえっちの金四郎は、鞠という女のことを知りながら、色々と隠し事をしていたようなのだ」

「金四郎が隠し事……」

「うむ。鞠は、三年程前まで、旗本の遠山様……ほら、長崎奉行の遠山様だ。その屋敷で働いていた女らしいのだが、金四郎の奴、自分の屋敷で働いていたと偉そうに物申したらしい。どうせ奴も中間か下働きでもやっていたのだろうが、嘘までつきやがった」

八重桜の方は金四郎が遠山家の跡取りであることを薄々感じていたが、あえて問い質すようなことはしなかった。金四郎の方もわざわざ隠している節はないが、

——お互い人間同士、裸になりゃ、将軍様も物乞いも同じだ。

などと鷹揚《おうよう》に振る舞っており、それがわざとらしくなく、妙に爽《さわ》やかで自然だから、八重桜の方も、旗本の息子だからといって特別扱いしないだけのことである。

「なんだ……？」

と村上は、八重桜の半分笑ったような顔を見た。

「いえ、なんでもありまへん。では、心中の男の方が分かったのですね」

「おう、それよ。まだハッキリとしたわけではないのだが、鞠という娘は、海老蔵と付き合っていた」

「ええ!? まさか……」

「違うよ。役者じゃねえ。町絵師の〝湯島の海老蔵〟と名乗っている奴だ」

「聞いたことがありまへんなあ」

「俺だって初めて聞いた。なんでも、京画壇の曾我《そが》簫白《しょうはく》の流れをくむ者だなんて言うておるが、ま、それは出鱈目《でたらめ》だな」

「曾我簫白……凡人には分からぬ絵をお描きになるお方やなあ。そりゃ、なんぼなんでも……どうせ、ええ加減な絵師でしょう、その湯島の海老蔵とやらは」

村上はまったく否定しなかった。事実、海老蔵は絵らしい絵は描いておらず、当人の住む湯島坂下の長屋に行ってみたものの、ろくな絵筆や染料もなかったという。

「どうやら、その男が心中の相手だったようなのだ。海老蔵はてめえは酒や博打《ばくち》をしながら、鞠には〝けころ〟をさせてたらしいが、それも糞詰《ふんづ》まりになったのだろうよ。お互い死ぬしかなかったんだろう」

けころとは、すぐに寝ころんでやるという売春婦のことである。海老蔵は、賭け事や飲み代《しろ》のために、知り合いのやくざ者からも金を借りていたらしく、返せないために随分と酷い目に遭っていたらしい。

「だから心中をしたとおっしゃるのですか、村上の旦那は」

「おそらくな……裏は岡っ引の万蔵らに取らせているが、そうに違いあるまい。海老蔵の長屋からは、遺書も見つかっている。鞠には苦労をかけたと反省の文言まであって、これが最後の絵だと、鞠の顔を描いて残してあった」

「へえ。随分と酔狂な心中ですな。それじゃ、海老蔵がしでかした無理心中ですか」

「いや。鞠が抵抗していないのだから、お互い承知の上であろう。だが、海老蔵の派手でめちゃくちゃな暮らしぶりが祟《たた》ったことは否《いな》めまい」

「それはそうと、海老蔵の遺体は見つかったのですか」

と八重桜が訊くと、村上は首を振って、

「それが見つからぬから、金四郎を捜してるんだ」

「どういうことです」

「奴も……海老蔵を探してる節があるんだよ」

「ええ？　それこそ、どういう……」

「権蔵が話していたが、金四郎が十日程前にこの堺町で見かけたのは、海老蔵であろう。奴のことだ。顔くらいきっちり覚えていたのかもしれぬ」

「ですから、どうして金四郎が海老蔵を探してるのです」

「分からねえか？」

「はい……」

「海老蔵は生きてるかもしれねえからだよ」

「生きてる⁉　では、旦那は、心中ではなくて、心中に見せかけた殺しとでも？」

思わず八重桜は身を乗り出した。

「はっきりとは分からないよ。だがな、何処にも海老蔵の死体が浮かばないのはおかしい。隅田川を江戸湾まで流れたという者もいるが、そもそも、鞠の死体がどうして、堺町の船着き場にあったのかも、妙な話だ」

「たしかに……」

唸る八重桜を見据えるように、村上は腕組みをして、

「金四郎のことだ。奴は端《はな》から、鞠の亡骸に何か胡散臭《うさんくさ》いものを感じたのかもしれぬ。ああ、奴はこれまでも何やかやと、お上には内緒で探索まがいのことをしてたからな」

「はい……」

「あれは心中ではなくて、殺しかもしれねえと金四郎は睨《にら》んでいるのかもしれぬ。そこまで考えてないとしてもだ……少なくとも海老蔵は生きてる。そう睨んでるんじゃねえかな」

八重桜はなるほどと頷きながら、

「だったら、旦那方も探せばいい話じゃありやせんか」

「だから、こうして来てるんじゃねえか。金四郎が、海老蔵を殺す前に捕らえねばならぬからな」

「金四郎が殺す？」

「ああ。鞠の仇討《あだう》ち……としてな」

妙なことを言い出したものだと、八重桜はその真意を村上に問い質したが、明瞭には答えなかった。ただ、金四郎が、お上に隠れて、何か事を為そうとしていることだけは八重桜も分かった。

――金四郎の後見人として、黙って見ているわけにもいくまいな。

と八重桜は感じていた。

三

朝千両が日本橋の魚河岸、昼千両が芝居街ならば、夜千両は言わずもがなだが、吉原のことを指していた。幕府が公認した唯一の遊郭である。

慶長《けいちょう》年間（一五九六〜一六一五）に庄司甚右衛門《しょうじじんえもん》が幕府に開設願いを出したもので、元は日本橋の葺屋町、芝居街の近くにあった。葭が生い茂っていた田舎だったので、〝葭原《よしわら》〟と呼ばれていたが、今は浅草寺裏の吉原にある。

この夜、金四郎は、〝行灯《あんどん》部屋入り〟していた。

行灯部屋入りとは、なんとなく語呂がいいが、決して良い意味ではなく、吉原で行われていた私刑のことである。元々は、〝桶伏《おけぶ》せ〟という体罰だった。

客の中には、遊女と遊ぶだけ遊んでおいて、いざ帰る刻限になると、いけしゃあしゃあと金がないと言う者がいる。素直に身内の者を呼んで金を払えばいいが、

「ないものはねえんだ」

と居直る者も多い。そういう客は、しゃがんで入るのが精一杯の風呂桶のようなものを被せられて、一晩でも二晩でも放っておかれる。一日一膳の飯を食うのも、糞尿を垂れるのも桶の中である。牢獄よりも酷い扱いである。助けに来てくれる身内や友人がいなければ、何日でも放置される。

だが、桶伏せは、時折ある町奉行の視察の折には決してしない。あまりにも非人間的な行いなので禁止されていたからだ。その後、桶伏せはなくなり、それに代わって、いつ頃からか、〝行灯部屋入り〟という薄暗い部屋に閉じこめられることになった。

大概は、二人以上が一緒に遊びに来るから、そのうち一人を〝人質〟にして、他の者を返して、後で金を持って来させる。だが、金四郎は一人で遊びに来ていた。

「悪いな、姐さん、金がねえんだ」

と居直った途端、怖いお兄さんたちが現れて、引きずって〝行灯部屋送り〟となった。そして、〝付け馬〟か〝始末屋〟が、身内の者に遊興費に上乗せした金を取りに行くのである。

金四郎が預けられたのは、〝始末屋〟の方だった。〝付け馬〟が仲の町のちょっと上品な遊郭を扱うならば、〝始末屋〟は羅生門河岸《らしょうもんがし》や浄念河岸《じょうねんがし》の下級女郎屋を相手にしているから、柄が悪けりゃ、タチも悪い。客の遊び代を店の方へまとめて払って、身柄を引き受けた後、莫大な金を身内に要求するのである。下手をすれば殺されるから、身内は懸命に金策をしてでも払おうとするのだ。

だが、行灯部屋は窓も障子戸もないとはいえ、二畳ほどあったので、風呂桶を被せられるよりは居心地はよかった。金四郎はその中で、座禅を組んで壁を睨んでいた。

ギシギシと軋《きし》む戸板の音がして、始末屋の若い衆二人が踏み込んで来るなり、金四郎の背中をいきなり蹴った。その勢いで、金四郎は額を壁にうちつけた。若い衆たちはそのまま襟首を摑んで、引き倒して、

「こら、若造。てめえ、大嘘こきやがってどういう了見だ、え！」

鮫八《さめはち》と静六《せいろく》という若い衆二人が、ここぞとばかりに金四郎を蹴り続けた。便所虫のように丸くなっていたが、それは衝撃を減らすためだった。

「てめえ、このやろう。何が遠山家の息子だ。端から怪しいとは思ったンだが、信じて行った俺たちの方が阿呆だったぜ」

「そうかい。そりゃ残念だったな」

金四郎はたとえ息子のことであろうが、父親が遊興の末、金が払えず居残りになっても、おいそれと金を出す人間ではないと分かっていた。逆に、なんとか己で解決してみせろと突き放す性分であることもだ。だからこそ、芝居街の者たちに迷惑をかけず、実家の方へ振ったのである。

それに、歌右衛門や八重桜が知れば、すぐさま金を持って来るに違いあるまい。そうなれば、折角、〝潜入〟したのに意味がないというものだ。

「そうこれでいい。これでいいんだ」

金四郎は蹴られながら辛抱をしていると、鮫八たちは薄気味悪そうに、

「何をぶつぶつ言ってやがる。しかも、笑ってるぜ、こいつ」

と突き放すように言った。すると、始末屋の元締が入って来て、

「何処のどいつだい、根性座ってる奴は」

と顔を出した。丸坊主で、針の穴のような細い目が異様に怖かった。金四郎は、へえ申し訳ありやせん、と床に額をつけて、勘弁して下さいと何度も言った。

「勘弁してくれで事が済みゃ、誰も苦労はしねえんだよ」

「そこをなんとか。あっしは初めてでやして、吉原に足を運ぶのは、へえ……安い女郎屋だって聞いてたのに、それでもあんなに高いとは思いませんで、へえ」

「謝っても容赦しねえ。どうする。てめえの命で払うか、おう」

「命を取るのだけはご勘弁を。なんでもしやす。これでも、腕っ節だけはちょいとばかり自信があるんでやす、へえ」

「だから、なんだ」

「始末屋稼業を手伝わせて貰いやす。どんな奴からもぶん取って来やす」

「このやろう。盗人猛々《たけだけ》しいやろうだッ」

と鮫八がもう一度、脇腹を蹴りかかろうとすると、元締が止めた。金四郎の必死に訴える目が、何処か鋭く、極道者として使えると思ったからである。

「腕っ節が強いだけじゃだめなんだよ。度胸があるかどうかだ」

と元締は金四郎の胸を太い指先でツンとつついてから、「そこまで言うなら、一度だけ機会を作ってやろう」

「へえ。ありがとう、ございやす」

「羅生門河岸に『福之鈴』って女郎屋がある」

「福之鈴ですかい!?」

「知ってるのか」

「へえ。一見さんはお断りとか」

「ああ、おめえが入った女郎屋の隣だ。その店の主人は客に甘くてな、随分と踏み倒されてるらしいんだ。どうでえ、全部とは言わねえ。半分でも取り戻して来れば、おまえをうちで抱えてやってもいいぜ」

「こりゃ渡りに舟だ」

「なんだ？」

「あ、いえ……本当の話ですかい？」

「おう。羅生門の銀蔵《ぎんぞう》といや、吉原は元より、浅草界隈でも知らねえ者はいねえ〝始末屋〟の元締だ。どうでえ」

「へい。頑張りやす」

金四郎が目を輝かすのへ、鮫八と静六は苦々しい顔を向けたが、銀蔵は小さな瞳から鈍い光を放ったまま、

「その代わり……失敗したら、どういう目に遭うか、覚悟しとけよ」

「もちろんでございやす」

行灯部屋から出された金四郎は、鮫八に付き添われて、『福之鈴』までやって来た。

妓楼主の鈴兵衛《すずべえ》は、とても客に甘そうな面構えではなかったが、銀蔵が言っていた「客に甘い」という意味が、すぐに分かった。

にこりと笑って未払いの念書を書かせるが、利子は〝十一《といち》〟という暴利を要求するのだ。相手が払えなければ意味はないので、大店の若旦那や武家の息子など、予《あらかじ》め素性の知れた者を客として引いて来る。だから、安妓楼とはいえ、きちんと茶屋を持っていて、遊女に迎えに行かせて、妓楼の部屋まで連れてくるという儀式も踏まえているのだ。

「――金四郎と申します」

と丁寧に頭を下げるのを見て、鈴兵衛はその恰幅《かっぷく》のよい腹を突き出すように座ると、煙管《きせる》をポンと叩いて、

「なかなかいい顔をしてるじゃないか……その煙管は？」

と鈴兵衛は自分の煙管と比べて、金四郎の帯に挟んでいる三尺程ある長い鉄煙管を指した。

「へえ。これでやすかい？　身を守るためでございやす。喧嘩相手は素人とは限

りやせん。やっとうを振り回す武家もおりやすからね」

「ほう。そんなに喧嘩してるのかい」

「それほどでもありやせんが」

「私も若い頃は随分と無茶をしたが……ああ、大体のことは分かるよ。金四郎とやら、おまえはまだまだ若造だが、喧嘩慣れはしてるようだな」

「いいえ……」

「いや。してるな」

と鈴兵衛は、ちらりと鮫八を見やった。

「でも、こいつは俺たちの前じゃ、猫みてえに丸まってただけですぜ」

鮫八は鼻白む顔になったが、鈴兵衛は煙管を吹かしながら、

「どこに目をつけてんだい、鮫八。行灯部屋に入れられて泣き言も言わず、おまえさんたちに殴る蹴るされても音も上げず、こうやってたいして怪我もしてねえ」

「そりゃ……」

何も反論できず鮫八は金四郎を見やって、小さな溜め息をついた。本当なら青痣どころか、体中が痛くて、それこそ足腰が立たなくなっているに違いない。丸

まっていたのは、やはり喧嘩慣れしていたからこその態度で、怪我を回避するためだと気づいたのだ。

「鮫八。もし、まともに喧嘩をしたら、おまえさん、怪我じゃ済まなかったかもしれませんよ……だからこそ、元締も仲間に引き入れるつもりで、この私に預けようってンじゃありませんか?」

「へえ……」

鮫八は恐縮したように一歩下がると、金四郎を前に押し出すようにして、「こいつのこと、よろしくお願い致しやす。俺が間違いなく後見しやす」

「そうかい。だったら、早速……」

と手文庫から数枚の証文を取り出して、「うちの女たちを騙した男たちから、きちんと取ったものだ。これを証《あかし》として、きっちりと取るものを取って来て貰おうかねえ」

金四郎が証文を手にすると、それらには、いついつ誰が誰を相手に遊んで幾らかかったのか、と克明に記されており、妓楼主と客の双方が署名をし血判まで押してある。その念の入りように金四郎は、へえと溜め息をついて眺めていたが、

「鈴兵衛さん。この……お紺《こん》という女に会わせちゃ貰えやせんか」

と訊いた。

あまりにも唐突だったので、鈴兵衛も一瞬、面食らったようだ。鮫八が無礼なことを言うなと言ったが、鈴兵衛は我に返ったように目をぱちくりとさせて、

「どうして会いたいのだ、金四郎」

「へえ。ちょいと小耳に挟みやしてね、吉原で一、二の器量よしだって。こんな安妓楼にいるような女じゃねえって……あ、済みません、安妓楼だなんて」

「別にいいよ。うちは安さが売りだから。だが、会いたい訳はそれだけか？」

「へえ……」

「そうは思えぬが……ま、いい。私たちの掟として、〝始末屋〟は女郎と寝てはいけないことになってる。もちろん客としても、間夫《まぶ》としてもだ」

「厳しいんでやすね」

「当たり前だ。面倒が起こる元だからな。まあ、顔を見るくらいなら構わないが、座敷に上げたり、酒を飲んだりも御法度《ごはっと》にしている」

「それも間違いが起こっちゃいけねえからですかい？」

「そういうことだ。吉原《なか》で働けば、好きなだけ女を抱けると思ったら大間違いだからな。若造にゃ辛いだろうがな、ふっふ」

そう言いながら、自分はよりどりみどりで、女を侍《はべ》らせているというギラギラした顔で、鈴兵衛は金四郎を一瞥《いちべつ》して、

「では、おまえさんの腕を拝見しようか」

と真顔に戻った。金四郎も頷いて頭を下げたが、

——どうやら、これで一歩近づけた。

腹の中で呟いて笑った。

目算があったからこそ、わざと〝行灯部屋入り〟をしていたのである。

四

油問屋『播州屋《ばんしゅうや》』は、三田は金杉通り七丁目、三田八幡の鳥居の脇にあり、すぐ先には、高輪《たかなわ》の大木戸があった。目の前には江戸湾が広がり、押し寄せて来る白波に乗った潮風がしょっぱいほどであった。

吉原からは随分、遠く離れている。が、〝吉原詣で〟をするときは大概、舟を使う。金四郎は歩いて来たが、海風のせいか、さっきまでの陽の暑さが嘘のように和らいだ。

『播州屋』は間口二間程の小さな店だったが、数人の手代や丁稚《でっち》の間で、店のご新造らしき女が甲斐甲斐《かいがい》しく客の相手をしていた。大口の客相手ではなく、ほとんどが量り売りだった。

店は三代目で、近所の評判はとてもよく、旦那が吉原で〝行灯部屋入り〟させられるような店には見えなかった。

もっとも亭主は、つい半年ばかり前に婿入りしたらしく、額に汗して働いているご新造は先代主人の娘ということだった。

「ご免よ。菊五郎《きくごろう》さんはいるかね」

暖簾《のれん》を割って入った金四郎が尋ねると、ご新造がハイハイと明るい笑顔で出て来て、

「主人なら、ちょっとそこまで出ていますが、どちらさまでしょう」

いかにも遊び人姿の金四郎だが、ご新造は怪しむ様子も毛嫌いする態度も見せず、屈託のない笑顔で訊いてきた。

店の表では、鮫八がぶらぶらしながら待っている。

「ここじゃなんですから……奥で待たせて貰っていいですかね」

「ええ、結構ですよ。さ、どうぞ」

あまりにも無警戒なご新造に、金四郎は半ば肩透かしをくらいながら、店の土間から厨《くりや》へ行き、その奥から座敷の方へ通された。

鮫八は表で待ったままであった。金四郎は、なぜ鮫八が来ないのかと訝ったが、

――家人……殊に女房の対応がよいときは気をつけろ。亭主を逃がす腹づもりであるときが多い。

ことを用心しているのであろうと思った。だが、金四郎にはご新造がそんな計算を立てている女には見えなかった。

この店に来るまでに、既に三件、片付けている。時にはなだめ、時には脅しつつ、金を取り上げて来たのだが、その腕前には鮫八も舌を巻いていた。だから、今度の店も、金四郎一人に任せるつもりかもしれぬ。

女房が逃がすというのは、やはり余計な心配だった。すぐさま菊五郎は帰宅し、金四郎が待っている座敷に現れた。

その細面の役者のような顔を見るなり、

――こいつだ。

と金四郎は思った。

「おたく、どちらさん?」

入り婿の割には、ご新造と違って、ぞんざいな男だなと感じた金四郎は、「早速だが」と断って証文を見せた。

それを見た菊五郎は、咄嗟《とっさ》にそれを取ろうとしたが、金四郎は素早く引っ込めて、

「ようやく……見つけやしたよ」

と金四郎は軽く溜め息をついた。菊五郎は不思議そうな顔をしていたが、

「別に逃げも隠れもしませんよ、私は……」

と言い訳じみて俯《うつむ》いたが、

「この借金。帳消しにしてやってもいいんですぜ」

そう持ちかけた金四郎の言葉に、もっと不思議そうな顔をした。

「つまり、あんたは、あんな可愛い女房がいながら、『福之鈴』のお紺にも貢がせていたってわけかい」

「な、何の話だ……」

「ちょいと調べてきたんだよ。お紺と寝た金を只にするどころか、お紺から大金を貰ってるらしいじゃねえか」

「……相手は女郎だ。女房と比べられるか」

と言ったとき、ご新造が茶を持って来たが、菊五郎は蠅《はえ》を払うような手で、

「こんな奴に茶はいらねえぞ、お文《ふみ》」

「そうはいきません。訪ねて来る人はどなたでもお客様。ご先祖様からのいいつけです」

笑顔で湯飲みを置くのを、金四郎も笑顔で受け取って、

「ありがとう。いただきますよ」

と実にうまそうに茶を飲んだ。菊五郎は訝しげな目のまま見ていたが、ご新造が深々と一礼をして立ち去ると、金四郎は険しい顔に戻って、

「お文さんって言うのかい、ご新造さんは」

「……用件は金だろう。幾ら払えばいいんだ。渡すから、とっとと帰ってくれ」

「千両だ」

「せ、せん……バカも休み休み言え。お紺と遊んだ金はせいぜいが五十両。ふんだくった金を合わせても百両にもならないはずだ」

「うちは〝十一《といち》〟なんでね」

「ふざけるな。そっちがその気なら、出る所へ出てもいいんだぞ」

「そう願いたいね」

「……なんだと」

菊五郎は明らかに不審な顔と不安な表情が入り交じった顔になった。目尻がぴくぴく動くのは、この男が苛《いら》ついたときの癖のようだった。

「金を巻き上げたのは、お紺だけじゃねえだろう。他にも色々といるらしいな」

「知らんね」

「──だったら、鞠はどうでえ」

と金四郎が恫喝《どうかつ》するような鋭い目で睨みつけると、菊五郎はギクリと腰を浮かして、思わず廊下や隣室を振り返った。

「海老蔵だの、菊五郎だの……てめえは名優気取りで、まったくの別人になりすましているつもりかい」

「……！」

「鞠は、堺町外れの船着き場の下で、無惨な姿で見つかったよ……あれは、おまえが殺《や》ったことなんだろう？」

「何の話だ」

「おまえは、お文さんをたらしこんで、この店の主人に納まった。だから、それまで、絵師……絵師だと信じておまえを陰で支えてきた鞠を棄てようとした。だが、鞠はおまえと別れることなんざできない」

「……」

「面倒な女だから殺したいとおまえは思った。だが、下手に殺せば、すぐにお上にバレる。幸い、鞠は、おまえのことを絵師の海老蔵と信じ切っている。そこで、おまえは考えた……売れなくなった絵師が、恋しい女と心中する……心中に見せかけて、鞠だけを殺したんだ。そうだろう？」

金四郎が滔々《とうとう》と喋るのを聞いていた菊五郎が首を振った。証があるわけではないのだ、白状してなるものかという決然たる顔だったが、その微妙な表情の変化から、明らかに鞠を殺した男だと、金四郎は感じていた。

騙した女を殺した上で、別人として暮らしている男の気持ちはいかなるものかと、想像したが、金四郎には分からなかった。ただ、鞠の心を考えると無性に腹が立って、悔しくて、目の前の男をぶっ殺してやりたい思いに駆られた。

「どうだ。正直に言えば、こんな吉原の証文なんぞ、今すぐ燃やしてやるぞ」

比べものになるわけがなかった。それを承知で金四郎は迫ったのだ。菊五郎はまったく悩む素振りも見せずに、

「とんだ因縁《いんねん》をつけられたものだ。困りましたな……仕方がない、金は払いましょう。但し千両なんて無茶はいけません。百両ならば、今払いますから」

「人殺しとして捕まるよりもマシというわけか」

「……ちょっとお待ち下さい。すぐに持って参ります」

と女房の名前を呼びながら、隣室に行った。

あくまでも惚《とぼ》ける気だな。そうは問屋が卸すものかと金四郎は唸っていたが、しばらく経っても戻って来ないので、

――あっ、まさか！

と思って立ち上がったが、遅かった。菊五郎はそのまま何処かへ逃げたのだ。表で張っていた鮫八には覚えがあったのであろう。気づかれないように裏手から姿を眩《くら》ましたようだった。お文も知らないうちに消えたのである。

「ばかやろう！　だから、てめえは素人なんだッ。とにかく探せ、探しやがれ！」

鮫八は菊五郎を逃がしたことで責めたが、金四郎は折角、〝始末屋〟に潜り込んでまで探し当てた獲物を、つまらぬ油断でタモから取りこぼしたことを悔やんでいた。

五

「菊五郎さんの行き先ですか……心当たりなんぞないねえ」

と遊女のお紺は首を横に振った。

「そう言わねえで、なんでもいいんだ。奴の話の中から、思い出すことはないか」

鈴兵衛が宥《なだ》めるような口調で問い質したが、お紺は同じように知らないと言うだけだった。傍らでは、金四郎が銀蔵に付き添われて、神妙な顔で座っている。

「おい、金公。きちんと鈴兵衛さんに謝りやがれ。俺の顔にも泥を塗りやがって、このやろう。てめえから首を突っ込んで来やがったくせに、なんでえ、この様は」

銀蔵はなじるように言ってポカリと金四郎の頭を叩いたが、鈴兵衛は笑みさえ浮かべて振り返り、

「そう責めてはいけませんよ。他の証文の相手からは見事に金を取って来たではありませんか。銀蔵さんの所の他の若い衆よりも、お手柄ではありませんか？」

鮫八たちは、日がとっぷり落ちた今も、菊五郎の行方を探している。

「旦那にそう言われりゃ、穴にでも入りたい気分ですが、一番肝心な高いものを……」

「それは他に訳があるんでしょうよ」

と金四郎の真意を知っているかのように、鈴兵衛は目を細めた。

「他の訳……？」

「そうなんだろう、金四郎」

やはり只の安妓楼の主人ではないと思った金四郎は、小さく頷いて、

「女形の萩野八重桜さんに聞いたことがありやす。吉原は堺町と同じ〝悪所〟。咎人《とがにん》が逃げ込んで隠れやすい所だから、町奉行と密かに繋がっている妓楼主が、あちこち目を光らせてるって話を」

「ほう。八重桜さんと知り合いかい」

詳細は語らないが、鈴兵衛とも深いつきあいがありそうだった。金四郎も必要以上のことは語らず、

「実は、芝居街で世話になっておりやす」

「そんなおまえさんが、わざわざ〝始末屋〟の元締に近づいてまで、一体、何を

探ろうとしていたのかね」

銀蔵も不思議そうに金四郎の横顔を凝視した。

「へえ……」

どこまで話してよいか金四郎は一瞬だけ迷ったが、鈴兵衛が八重桜と関わりがあるならば、信頼してもよさそうだ。

「鞠という女が、水死体で見つかったんですがね……俺の見立てでは、誰かに心中と偽って殺されたに違いない」

「心中ねえ……で、相手は」

「海老蔵という絵師で、そいつが偽装したに違いねえんです。そいつには、鞠が随分と貢いでたようなんです……岡場所女郎までしてね」

女郎という言葉に、お紺は嫌な顔をしたが、金四郎は続けた。

「だが、海老蔵は鞠に飽きた。けれど、鞠の方は諦めきれない。別れるのは嫌だと泣いていたのを、長屋の者が見ていたんだ……海老蔵は他に女が出来たんだな。その女というのが……お紺さん、あんたなんだ」

お紺に近づいて調べたかったが、『福之鈴』は、安妓楼にも拘《かか》わらず、一見《いちげん》さんはお断り。しかも、有力な客筋の紹介がなくては入れない。そこで金四郎は、同じ羅生門河岸の妓楼で居残りを演じて、銀蔵に取り入ったのである。そしたら、うまい塩梅に、お紺に近づけたというわけだ。

その客の中に、海老蔵は必ずいる。しかも、金を踏み倒しているとの噂も聞いていたので、お紺の客筋を隈無く当たれば、金四郎が一瞬だけ堺町で見かけた海老蔵を見つけることができる。そう踏んだのだった。

「……海老蔵なんて知りません」

お紺はきっぱりと答えたが、金四郎は油問屋の主人・菊五郎と名を変えて、遊郭に来ていたのだと説明した。金四郎はその男にも会ったと話して、顔や姿、声なども詳しく語った。

「嘘です……」

と、お紺はしばらく信じられない顔をしていたが、金四郎は諄々《じゅんじゅん》と、まさしく菊五郎がその男だったと言った。鈴兵衛は長い溜め息をついてから、

「お紺。おまえも騙されてたようだな」

「……」

「かなり、貢いだのか？　揚げ代も自分で肩代わりしていたのじゃないのか。その上に、金を渡してた……もっとも、妓楼主の私も欺《あざむ》かれてたことになるがな」

「申し訳ありません。勘弁して下さい」

「責めているのではない。おまえが不憫《ふびん》でならないのだ。元は、大きな妓楼の太夫格までなっていたおまえだ。それが……あんな事件があってから、うちで預かることになった」

あんな事件が何かは詳しく語らなかったが、やんごとなき人を袖にしたがために、吉原にいられないように執拗な嫌がらせがあったのである。それを、鈴兵衛が片をつけて、自分で面倒を見ていたのだ。

「菊五郎……いや海老蔵、どっちが本当の名か知らぬが、いや、どうせ両方とも偽の名だろう。お紺、こいつの行きそうな所に心当たりはねえか？」

と鈴兵衛が優しく問いかけると、今度は素直に頷いて、

「近頃は少し冷たくなってたんですよ……私もこれ以上、揚げ代を自分で払うのは無理でしたしね。次々と無心される金まで言われるままに……バカでした」

「あの男のどこにそんなに惚れたんだ」

「そりゃ……」

遊女でありながら、少しはにかんだ顔になって俯いた。まぐわい方が余程、上手かったのかもしれぬ。男なら掃いて捨てる程の数に、文字通り肌で接してきた

はずだ。なのに体を骨抜きにされたのか、それとも本気で惚れてしまったのか。いずれにせよ、遊女として、してはならぬことだった。

「あの人が『播州屋』の入り婿ということも知っていました……女房とはいずれ別れる。そしたら、きちんと身請けしてなんぞと言ってましたが、私にはどっちでもよかった。会うことさえ出来ればよかったんですよ」

「冷たくなってきた訳は？」

「どうやら、他に女がいるようなんです。一度しか聞いてないけれど、たった一度でも忘れませんよ。日本橋『藤屋』の娘なんですからねえ」

鈴兵衛のみならず、金四郎たちも驚いた。日本橋『藤屋』といえば、江戸で屈指の大店である。問屋組合の肝煎《きもいり》であり、隠居した前の主人は日本橋本町の名主をしている。

「そんな大店中の大店の娘をな……」

金四郎は深い溜め息をついた。世の中には粋で鯔背《いなせ》な男がいくらでもいるというのに、どうして女は選《よ》りに選って、クズみたいな男に惚れてしまうのか分からなかった。

「ははは、金四郎。おまえはまだ若いからだ。そのうち、女って生き物は実に厄介で理解できねえもんだと分かるぜ……おまえも吉原で男を磨くンだな」

　と鈴兵衛がニタリと笑うと、銀蔵も下卑《げび》た声で苦笑した。それが次第に大きな声になってゆく。金四郎はバツが悪そうに頭を掻いていたが、

　──不思議だ。この若造、何処か肝が据わってる上に、吉原の雰囲気にもすぐに馴染んでやがる。妙な野郎だ。

　鈴兵衛がそう思うほどで、

「何かあれば、私も手を貸すから、思い切り、鞠という女の仇討ちをしてやりな。もちろん、このお紺のぶんもな」

　と金四郎を励ますのであった。

六

　すぐさま、日本橋『藤屋』を訪ねた金四郎は、日本橋小町だという評判のおしのという娘に会おうとして、主《あるじ》と話をつけようとしたが、寄合で留守だということだった。

　──妙だな。

と感じたのは、遊び人の風体の金四郎に対して警戒していないことだった。『藤屋』のような大名や旗本、大奥などを相手に商いをしている御用商人の店に、一見してならず者風の男がいるのは相応《ふさわ》しくない。こういう輩《やから》は、店にもよるが、金子《きんす》を握らせて追い返すものである。

だが、そんな様子もなく、妙な間合いを取りながら番頭に、

「しばらくお待ち下さい……旦那様は直にお帰りになるかと思いますので」

と丁寧に言われて、店の片隅で茶を飲みながら、艶やかな反物を眺めていた。

客の中には、年頃の娘もいて、嫁入り衣装として持っていくのか、母親と一緒に、あれはどうだ、これがいいのと楽しそうに話していた。

――鞠も、そんなふうにしたかったんだろうがな。

金四郎は鞠の屈託のない笑顔を思い出していた。何があっても決して弱音を吐かず、家中の者には素直に従っていた。が、考えてみれば、鞠も可哀相な娘だった。一度だけ、金四郎に身の上話をしたことがある。

雨の夜だった。

使いに出していたのだが、暗くなってもなかなか帰って来ないので、金四郎が

迎えに出たことがある。すると、一町も離れていない辻番の軒下で、びしょ濡れのまま立っていた。駆け寄った金四郎が番傘をさしかけると、

『……金四郎様』

と切なげな声で、いきなり抱きついてきた。そして、母親にすがる子供のように、激しく両手でしがみついて泣き崩れたのだ。

『どうしたのだ。こんな所にいたら風邪を引くぞ。さ、帰ろう』

『だめです』

『なんだ。どうしたのだ……』

その時は、何故泣いているのか訳が分からなかったのだが、後で聞くと、鞠は出先でばったり、父親と会ったというのだ。

父親は、自分が自堕落のせいで作った借金の形《かた》に、鞠を女衒《ぜげん》に売り渡した男だ。だが、その女衒というのが、なぜか幼い鞠を女郎にするに忍びず、親しくしている口入れ屋に〝売り渡し〟て、奉公先を決めたのである。その奉公先が遠山家だったわけだ。

偶然、娘に会った父親は、遊女になっていないことを喜ぶどころか、ならば再び売り飛ばそうと考えたようで、内藤新宿のはずれにある家に連れ帰ろうとした

のだ。

鞠は必死で逃げてきたのだが、遠山家には帰れなかった。

もし、自分がそこに奉公していると分かったら、遠山家にどんな迷惑がかかるか知れないと危惧したのだ。

父親はそれこそタチの悪い男で、相手が役人であろうが侍であろうが、巧みに言いがかりをつけて金をせびるか、でなければ、十人力はある馬鹿力で、相手を殺してしまうくらい暴力をふるう男だったからだ。

金四郎は余計な気遣いをする鞠の純真さを愛おしく思ったほどだった。鞠はそんな父親に育てられたから、逆に優しい男や親切な男を求めていたのであろう。

しかし、海老蔵は鞠のそんな弱く脆《もろ》い性質を分かっていたのかもしれない。結局、父親と大して変わらぬ男に利用されたのだ。

――あまりにも哀れ過ぎる……。

鞠を不幸のどん底に陥れた海老蔵が、お紺を騙し、今度は大店の娘に牙を剝きだしている。どうしても助けてやりたかった。

金四郎が少し冷めた茶をすすったとき、ぶらりと入って来たのは村上だった。

「……金四郎、貴様か」

村上はいきなり敵意剝き出しの顔で、目の前まで迫ってきた。いつも眉間に皺を寄せている岡っ引の万蔵も一緒である。

どういうことかと見上げる金四郎に、村上は軽く十手を突き出して、

「こっちが聞きてえくらいだぜ、おい。おまえか、この店の娘にちょっかいを出してる遊び人ってのは」

「何の話です」

「娘を何処に連れてった、えっ」

訳が分からず困惑した金四郎を、奥から出て来た『藤屋』の主人・桂《けい》右《え》衛門《もん》が険しい顔で睨みつけてきた。背筋を伸ばして毅然とした、いかにも大店の主人という感じだった。

「村上様。私ははっきり見たわけではありませんが、娘に言い寄っていたのは、たしかに、この男かと思います……役者のように、ちょっといい男でした」

「役者のようにねえ。そう褒めてくれるのは有り難いが、俺はおたくの娘さんなんぞ知りませんよ」

と金四郎は呆れ顔になって、「だからこそ、会いたいと来たんじゃないですか」

「娘がいないことを、おまえさんは知ってるのではありませんか。それを承知

で、金でも寄こせとたかりに来たのではないのですか」

桂右衛門が鼻の頭を赤くしながらも、怒りを胸に秘めた口調で言った。金四郎は、もしかしたら、海老蔵と勘違いしてるのかもしれぬと思って、

「――娘さんに何かあったのかい?」

「……」

「俺は、堺町の名主、萩原八重桜さんに世話になってる金四郎という者だ」

と名乗って、村上に同意を求めるように顔を向けた。

「たしかに、こいつは芝居街をねぐらにしている奴だが……おい、金公。本当に、娘さんのことは知らねえんだな」

「知らないね」

「だったら、何をしに来たんだ」

「旦那こそ、どうして」

「俺は、ここの主人に、『娘をたぶらかしている妙な遊び人が、店に脅しに来た』と報せを受けたから、来てみたまでだ」

「冗談じゃねえや」

と金四郎が振り向くと、桂右衛門は特に悪びれた様子でもなく、偉そうな態度

で人を見下すように見ている。

「ならば、何故『藤屋』に来たのだ」

「ですから、村上の旦那、俺は……」

そう言いかけて凛然《りんぜん》と見やると、少し声を落として、「それより、海老蔵の行方は摑めたんですかい」

「鞠の相手のことか。それはまだだ……」

「俺はそいつを探してたんですよ。海老蔵は菊五郎で、菊五郎は別の暮らしをしながら、ここの娘、おしのさんにも手を出していた」

「何の話だ」

と村上が訳が分からぬ顔をするので、金四郎は自分が調べてきたことを掻い摘んで話した。俄《にわか》に信じられぬと村上は首を横に振っていたが、鞠は心中に見せかけて殺されたのだと金四郎は断じてから、

「だから、お上はあてにならないンだよ。そんなだから、鞠も犠牲になったんだ」

「金四郎。おまえこそ、分かってたんなら、なぜもっと早く……」

「人をあてにしねえで、てめえの頭で考えて探索することですね。その十手は何

のためにあるんでやす？」

金四郎は強く言ってから、岡っ引の数を増やしてでも、おしのの行方を探すべきだと進言した。『播州屋』にはもういられないと思った菊五郎は、おそらくおしのを頼りにして、逃げるつもりなのであろう。

「おしのが……」

俄に心配顔になり、落ち着きがなくなった桂右衛門に金四郎は諭すように、

「いいですかい、旦那。俺のことを疑ってる時じゃありやせんよ。一刻を争うことかもしれねえんだ。おしのさんが立ち寄る先に心当たりはありやすか？」

「いや……」

「下手をすれば、今度はお宅の娘さんが、鞠のようになるかもしれねえんだ。海老蔵とはそういう男なんだよ」

金四郎はすぐさま海老蔵の正体を探るように言ってから、もう一度、桂右衛門に何処でもいいから心当たりを訊いた。

「うちの娘は……私のことをあまり好きではない。仕事ばかりしてて、幼い頃から、ろくに相手をしたこともありませんからねえ。でも、父親の私が言うのもなんですが、素直でいい娘に育った。だから、悪い男と関わるなどとは思ってもみ

ませんでした……」

桂右衛門は本当に相手が誰かは知らなかったという。

だが、遊び人風の男と両国橋西詰めの繁華な町や芝居街などをうろついていたと、知り合いから聞かされていた。だから、てっきり金四郎のことを、その男だと思ったのだと言った。

「村上様……お願いです。私の娘が、その海老蔵とかいう、人殺しをしたような男と関わっているのなら、どうか、どうか……」

桂右衛門が娘のことで胸を痛めたのは、この時が初めてであったのだろうか、両の瞼《まぶた》に涙がにじんでいた。金四郎にも、その気持ちが痛いほど分かっていた。

七

品川宿の外れにある『津島屋』という旅籠《はたご》に二人が着いたのは、その日の夕暮れ時だった。西日が差し込む二階の角部屋だったが、窓から手摺りに顔を出すと、江戸湾の青い海が目の前に広がっていた。

主人におさまっていた油問屋『播州屋』からは、高輪の木戸を抜けてすぐなのだが、白砂青松《はくさせいしょう》を目の前にすると、随分と遠くに来たような錯覚にとらわれた。

菊五郎こと海老蔵は、おしの前では、幸四郎《こうしろう》と名乗っていた。まさに役者ばかりの名である。

たしかに、それらの名に似合う、女なら胸が高鳴るようなゾクッとくる二枚目だが、その美しさの裏に身勝手な、血も涙もない心が潜んでいようとは思ってもみないのであろう。海老蔵に騙された女は十人や二十人ではない。

——女は己の欲望をすべて満たしてくれる道具。

としか思っていなかった。性欲と金銭欲。この二つだけで生きている者に〝弱み〟はない。名誉欲があればまだ恥は知るだろうし、浮き世の陰に隠れる暮らしなんぞしない。

しかし、海老蔵は世に出て何かを成し遂げようという気すらない。男気を売りにする極道にも及ばぬ暮らしぶりなのである。

「おしの……よく来てくれたな」

海老蔵は部屋に入るなり、おしのをぐいと抱き寄せて、「本当に俺と逃げてくれるのか。親父さんや店を棄てて、俺と……」

「そのつもりで来たんです。だって、あなたも奥様と別れて、私と一緒になるために、こうして誘い出してくれたのでしょう？　わざわざ飛脚《ひきゃく》に文を持たせてまで」

おしのは狸のような丸い目で、じっと幸四郎を見つめていた。下ぶくれのぽっちゃりしている顔は、とても日本橋小町とは思えぬ。おかめではないが、『藤屋』の娘でなければ誰も近づくまい。小町というのも、祖父が名主だから、近在の者が世辞で呼んでいるだけであろう。海老蔵とて、金が狙いだ。

だが、おしのの方はてっきり本心で好いてくれていると思っており、何処までもついて行く覚悟で、父親にも黙って来たのだ。

「当座のお金です」

と切餅を六つ、百五十両を持参していた。海老蔵は夏だというのに懐炉《かいろ》で温もったような笑い顔になって、

「すまねえな。俺は一文なしだ。おまえのことが女房にバレてしまってな、親戚中、大騒ぎだ。終いには、あることないこと言って、俺を悪者扱いにしやがってよ。お上にまで、俺のことを泥棒だなんて大嘘ついて……あんな酷い女だとは夢にも思わなかったよ」

「大丈夫です。私がついていています」

「嬉しいぜ。おまえのその気持ちだけが、俺の生きる糧《かて》になるってものだ。しかし、おしの……おまえは本当にいいのか？」

「はい。お父様は仕事仕事ばかりの商人根性の人で、私のことなど別に気にもしていません。一人娘だから、早いとこ適当な婿でも貰って、男の子を産ませて、その子が店を継ぐことができるくらいまで頑張るって、そんなことばかり考えている人です。私の幸せなんか、何一つ願ってくれてませんから」

「情けのない父親だな。でも安心しな。これからは俺が面倒見てやるからよ」

「嬉しい……」

おしのがひしと寄り添ってくるのを、海老蔵はもう一度、強く抱き締めて、

「好きだぜ、おしの。おまえのことを一生、俺は……大切にするからな」

と甘く囁《ささや》きながら、着物の裾を捲《まく》って膝の奥をまさぐった。目を閉じたおしのは、俄に気持ちが高まり、体の芯に熱いものがじわじわと湧き起こるのを感じていた。

海老蔵は堪えるように喘《あえ》ぐおしのの顔を眺めながら、

――ふん。ばかな女だ。俺がてめえなんかに本気で惚れると思ってるのか。

と腹の中で笑った。自分の下で歓喜の限りを尽くした幾人もの女の顔が、次々

と浮かんでは消えた。

その中で、鞠の顔だけは鮮明に現れたので、一瞬、腰の動きが止まった。だが、おしののしっとりした肌がぐいぐいと吸いついてくる。海老蔵は振り払おうとすればするほど、まだ幼さの残る鞠の顔を思い出した。

「おまえが悪いんだ……俺が他に女がいないとでも思ってたのか……せっかく、お文を口説いて油問屋の主人として、そこそこの暮らしをしてたのによ。邪魔しようとするから、殺されるんだ、バカ」

海老蔵はむにゃむにゃとそう言ったが、おしのには聞こえていない。自分に囁いてくれている愛の言葉だとでも思っているのだろうか、何度も気持ちよさそうに頷いて返事をしているようだった。

「おしの……てめえもバカだ……ま、そのうち、お文を殺して、おまえに鞍替えしてもいいと思ってたが、あの金四郎って訳の分からねえ奴が現れたからには……下手すりゃ御用になる。鞠ごときのために獄門台なんざご免だ。江戸暮らしは無理だ……おまえともな」

言葉にならぬ言葉で、海老蔵は呟いていたが、次第に悦楽と地獄が交互に全身を襲って来る感覚に堕《お》ちていった。

どれほど時が流れたのか……おしのが乱れた姿のまま目が覚めると、開けっ放しになっている障子窓から、淡い月の光が差し込んでいた。

つと起きあがって、手摺りから外を見ると、薄い雲に月がぼんやりと隠れている。潮騒《しおさい》だけが聞こえて、海原は闇に包まれていたが、沖の方で夜釣りの明かりがちかちかと光っていた。

風が少ししょっぱいと感じて、唇を舐めたおしのは、まだ幸四郎の残り香が体に染みついているような気がして、うっとりとなった。寝乱れていた襟や裾を直すと、空になっている布団を見て、幸せそうに笑った。

「お湯にでも浸かりにいったのかしら……うふ。小さな幸せだけど、これでいいのよね。お金では買えない幸せなのよね」

と姿見に映る自分の顔を見て、黒髪に櫛《くし》を通した。

だが、いつまで待っても、幸四郎は部屋に戻って来なかった。おかしいなと感じて、女中に茶を運ばせようと廊下に立ったとき、騒々しい声がして、村上と万蔵が階段を駆け上って来るのが見えた。同心と岡っ引の姿に、おしのは、

——もしや、幸四郎さんの身に何かが……。

と脳裏を過ぎった。が、村上はおしのの姿を見るなり、安堵したような顔になって、

「無事だったか。『藤屋』の娘、おしのだな」

「あ、はい……」

戸惑いながらも、何事が起こったのかと、おしのは訊いた。

「海老蔵、いや、おまえには幸四郎と名乗ってるらしいが、本当の名は、亀吉《かめきち》だ」

「か、亀吉……」

「どうやら、おまえを置き去りにして、一足早く逃げたようだな」

「逃げた……」

痴呆のように繰り返すだけのおしのは、まだ自分の身に何が起こっているのか分からない様子で、目をぱちくりさせていた。

村上はおしのを座らせて、

「いいか。おまえは何も悪くない。奴に騙されただけだ」

「騙された……」

「親父さんも案じている。俺と一緒に家に帰るんだ」

まだ何が何だか分からないと、いやいやをするように首を振っているおしのに、村上は優しい声で諄々《じゅんじゅん》と説くように話した。

「亀吉は、色々な名を騙《かた》って、女を食い物にしていたのだ。町方で調べたところ、人足寄場に入っていたことがあったから、素性が分かったのだが、上州の貧しい村の出らしい。奴は生まれもった役者みたいな顔を使って、女をたらし込んでいた。可哀相だが、おまえもその一人というわけだ。奴は逃げるための金が欲しかったんだろうよ」

「嘘でしょ……嘘……」

「そんな……」

「まだ分からないのか。おまえは百五十両もの金を、店から持ちだしていたんだろ？　奴はな、鞠という女を殺して、お上に追われる身なんだよ」

殺しという言葉を聞いて、おしのは卒倒しそうになった。村上はそれを支えながら、もう一度、幸四郎という者ではなく、亀吉というつまらない男だと繰り返した。

「おまえはまだましな方だ。もしかしたら、鞠みたいな目に遭ってるのではないかと、みんな心配していたんだぞ」

諄々と話す村上の話を聞いていて、おしのは少しずつ、冷静さを取り戻してきた。他の女たちは、売春をしてまで金を貢いだり、何年も利用されていた。それでも何の疑いも持たず、尽くした挙げ句、棄てられたのだ。

おしのは気持ち悪くなり、うっと吐きそうになった。

「大丈夫か」

村上がやさしく背中を撫でるのへ、おしのは何度も頭を下げながら、

「そりゃそうですよね……私みたいな器量の悪い女に、あんな男前が言い寄ってくる方がおかしいんですよね……騙される方が悪いんですよね」

と、まだ相手に未練があるのか、恨む素振りは見せなかった。

——これもまた悲しい女の性《さが》なのか。

と村上は哀れに思って、同情の目で眺めていた。

八

翌日になっても、亀吉の行方は杳《よう》として分からないままだった。

東海道を西へ上ったか、それとも江戸へ引き返して潜んでいるか、はたまた舟

に乗って、隅田川から生まれ故郷の上州に向かったのか……町奉行所は御触書《おふれがき》を出して、大木戸や四宿《ししゅく》や近場の宿場を隈無く調べていた。

一方、金四郎は再び、油問屋『播州屋』を訪ねていた。

さすがに、ご新造のお文は亭主がいなくなったことを心配していたが、おしのと同じで、騙されていたとは考えてもいない様子だった。先日、会ったときのような屈託のない笑みはなく、

「あなたが主人を追いつめたんじゃないですか？」

と遠慮がちに言った。

鮫八はその後も来ており、吉原の『福之鈴』に作った借金を取り立てていた。それは行方を探るためでもあった。が、お文は、

「お金なら、私が払います」

ポンと百両を出して、二度と亭主を苦しめないでくれと頼んだという。金さえ貰えれば、鮫八としても文句はない。元締の銀蔵の顔も立ったということで、大人しく引き上げたが、金四郎は、

「申し訳ない、おかみさん……俺はとんでもない間違いをやらかした」

「え……？」

「百両は、おかみさんが払うべきものじゃない。あれは、俺が菊五郎に近づくために、一芝居打っただけで……おかみさんには何の関わりもねえんだ。なのに鮫八のやろう、どさくさに紛れて取りやがって」

鮫八としては、自分の仕事としてやったまでで、菊五郎だの、亀吉だのという、裏の話はまったく知らないでいたのだから、やむを得まい。だが、金四郎としては、何の罪もないお文に大きな迷惑をかけたのだから、何度も謝るしかなかった。

だが、お文の方は、金四郎が真実を話しても、やはり亭主になった男を信じ切っていたのか、菊五郎が偽名で、自分を騙していたとは思っていないようだった。金四郎が事の真相を話しても、お文はただ啞然とするだけであった。

「済まない、おかみさん。……鞠という女のことで頭が一杯で、あんたの気持をあまり考えていなかったかもしれねえ。この前、本当のことを話しておけばよかった。本当に申し訳ない」

と何度も謝る金四郎の態度に、お文はほだされたのか、手を合わせるように言って、

「ありがとうございます。でも、私にとっては菊五郎さんは、菊五郎さんですか

ら」

　そう答えるだけであった。

「おかみさん、あんたもか……」

　騙されても尚《なお》、信じ続けたいという女心が、金四郎には痛々しかった。だからこそ余計に、亀吉のことが憎々しく思えてきた。どうしても許すことができなかった。

「騙された自分が悪いなんて言わないで欲しい。悪いのは騙した方なんだ」

「でも……」

　短い間でも夢を見ることができた、などとまだ言っている。おそらく菊五郎の本当の姿を見なければ、確信はしないのであろう。だが、金四郎はあえて、菊五郎がやってきた人でなしの行状を暴露した上で、それでも惚れることができるかと尋ねた。お文とすれば、金四郎とて信じるに足る人間かどうか、分からないのであろう。はっきりとは答えなかった。

「何が本当かは、いずれ分かる。お上でも探索しているところだからな」

「……」

「おかみさん……いや、本当はもう、おかみさんじゃない。お文さん、菊五郎、いや亀吉の行く先に心当たりがあったら教えてくれないか」

　お文は痺《しび》れたようにギクリとなった。もしかしたら知っているのかもしれないと、金四郎は感じた。

「実はね、お文さん。この前、来たとき、俺は妙に思ったことがあるんだ」

「妙に——？」

「俺や鮫八を見れば、怪しい奴、まっとうじゃねえ奴らが亭主を訪ねて来たと思うだろう」

「……」

「俺が奥の座敷で待っていたとき、あんたは亀吉を逃がそうとしていたんじゃないのか？　もちろん、そん時は、人殺しとは思っちゃいまい。借金取りから逃がしてやろう、そう思ってたんじゃ？」

　お文は黙ったまま俯いていた。

「あんたもそうだが……鞆は可哀相な娘なんだ。父親に棄てられ、女郎になって。束の間の幸せもあったが、結局、悪い男に散々、貢がされた上に、身勝手な理由で殺された……あいつは何のために生まれてきたのかなあ……俺は……俺は鞆を守ってやれなかったことが悔しくて悔しくて……」

「――その人のこと、好きだったんですか」

「そういう訳じゃないが、鞠はうちで奉公してたんだ。少しでも俺に縁のあった者を助けられないなんて、人として情けないと思ってよ……」

「奉公……」

金四郎は自分が実は旗本の息子だと名乗って、父親は長崎奉行という幕府の偉い立場にありながら、決して困った人々を自ら助けようとしないし、世の中の理不尽なことを暴いたり、是正しようとしないことに腹立ちを感じていた。だから、自分ができることでいいから、少しでも弱い人や可哀相な人を救いたい一心で、家を棄て、町場の庶民と暮らしているのだと言った。

「だけど、てめえの知り合い一人すら助けられないようじゃ、親父の言うとおり、俺はただの穀潰《ごくつぶ》し。口先だけの与太者だなとつくづく思ったんだよ」

お文は、しみじみ語る金四郎の言葉に嘘を感じなかった。むしろ、青臭いけれども、そのひたむきさに、どこか惹かれるものがあった。その素直さに触発されたのか、お文は内心を吐露《とろ》した。

「嘘をついてたのなら、私も同じです……菊五郎さん……いいえ、亀吉ってンですか……あの人には、操を捧げたと嘘をついてたんです。本当は一緒になるはずの男がいたんです。でも、突然の病で亡くなって……だから、寂しさを紛らわせるために、たまたま茶店で知り合った菊五郎さんを、私の方から誘ったんですよ」

「……」

「一緒になってからも、あの人が何処かで、他の女と関わりを持ってたのは薄々感じてました。そりゃ、あの男前ですもの……ああ見えて、まめなところもありましたからね。女に惚れられて当たり前だって……でも、私の所に帰ってくれればそれでいい。そんなふうに思ってました」

「そんなもんかねえ」

「金四郎さんとやら。あなたも、そんな男になるかもしれませんよ。黙ってても、女が放っておかない男にね」

「冗談はよしてくれ」

「本当ですよ」

と、お文は艶やかに微笑《ほほえ》んでから、「私は寂しかっただけなんです。菊五郎は悪い男だと分かってました。でも、もしかしたら、私が変えることができるんじゃないか。あの人の心根を、がらっと変えて、私と生涯共にしてくれるんじゃないか……そんな淡い願いもありました。女のうぬぼれですかねえ」

金四郎は切なげな面立ちのお文に、そっと手を差し出した。

「お文さん。あんたのついた嘘なんか、亀吉のついた嘘に比べれば小さなものだ。取るに足らない微々たるものだ」

お文は一瞬、えっという表情になったが、手を握りかえして、

「――あんた、いい人だねえ」

と呟いた。そして、目を閉じるとさらに握り締めて、

「こんな感じがなかったんだ。この手の温もりが、あの人には……分かってたんだ。なのに、私は……私は……」

哀しみと後悔が入り交じったお文の声を、金四郎は噛みしめるように聞いていた。しばらく、ぎゅっと握り締めたまま、時が過ぎた。海風が夏の暑さとぬめりを拭うように吹きすぎる。

「……はっきりとは分からないけれど」

お文はふいに口を開いた。

「もしかしたら、菊五郎さんは……」

「亀吉は？」

「あの娘の所に行ったのかもしれません」

「……あの娘？」

「ええ。何人かいるのですが、一番、頼りにしているのは……いいえ、少しばかり本気で惚れているのは、おみつという深川の漁師町に住む、可哀相な娘です」

「可哀相な……」

「ええ。菊五郎さんは、生き別れになった妹なんだと言っていましたが、本当かどうか。何処で出会ったのかは知りませんが、珍しく金目当てではないようで……」

「ふ～ん。そんな女もいたのかい」

「でも、分かりませんよ。私の……短い間だったけれど、女房だった女の勘です」

そう言うと、お文はそっと手を放した。お文の内心を思うと、金四郎はどう声をかけてよいか分からなかった。忘れろと言ってもできることではないだろうし、他にいい男を見つけろと言うのも酷《こく》だ。

「どうか、幸せになってくれ」

と言うのが精一杯だった。金四郎は背中を向けると、二度とは会わないだろうお文をもう一度だけ振り返った。

堪えきれなかったのであろう、店の中からお文の啜《すす》り泣く声が聞こえてきた。

九

洲崎《すざき》の外れに、幾つかの漁師小屋があり、黙々と網を修繕している漁師たちが、暮色の中に浮かんでいた。

遠くから近づいてくる海鳴りは、妙に人の心を慌てさせる。今の金四郎が焦っているからかもしれない。

浜辺を歩き続けて、金四郎はおみつという女を探した。無駄足かもしれないと思っていたが、おみつは漁師だけを相手にしている『松波《まつなみ》』という一膳飯屋で働いているという。

薄汚れた縄暖簾を金四郎がくぐると、姿はないのに、「いらっしゃい」という女の声だけが聞こえた。暖簾の揺れた音だけで、客が来たと思うのであろうか。

店には小さな卓が二つあって、数人座れば一杯になる腰掛けがあるばかりである。

出入りが窮屈そうな厨房から顔を出したのは、げっそりと頬のこけた、まだ十

七、八の娘だった。どこか貧弱で、とても亀吉が利用できるような女には見えなかった。
「おみつ……さんかい」

「はい」

と答えたものの、おみつはまるで背中に重い荷物でも背負っているかのように、前屈みになっていた。一見して、どこか体が悪いと分かる。

「おまえさん……亀吉って人を知ってるかい？」

と言った途端、おみつは一瞬、暗い顔になったが、否定はしなかった。金四郎が問いかけようとすると、厨房の奥から、店のおやじが出て来た。

「なんだい。おみつに何の用だい」

おやじは漁師のように日焼けしており、あらくれ男たちも扱い慣れているようだった。金四郎は怪しい者ではないと名乗ってから、亀吉の行方を探していると話した。

「亀吉？　誰でえ、それは」

と、おやじは聞き返したが、おみつは俯いたまま、子猫のように震えている。おそらく知っているのであろう。やはり惚れているのか、騙されたままなのか、はっきりと答えようとはしなかった。

「おみつ、おまえの知ってる奴か」

「……いいえ」

「だとよ。金さんとやら、用がそれだけなら、帰ってくれねえか。うちは近くの漁師が相手だけの店だ。余所者が来る所じゃねえよ」

明らかに迷惑がって追い返そうとする言い草だった。その態度から、

——このおやじも何か知ってやがるな。

と金四郎は感じて、腰掛けに座ると、

「聞いてくれ、おやじさん。俺は十手持ちでも何でもねえが、亀吉という男を探してるんだ。できれば、お恐れながらと、お上に自ら出て貰いたいと思ってる」

「何の話でえ」

この際、はっきりと言った方がいい。金四郎はそう思った。何の罪もない、普通の暮らしをしているおみつと、店のおやじに嫌な思いをさせたくなかったからだ。

「奴は、鞆という女を殺して逃げてる」

明らかに衝撃を受けた顔で、おみつは金四郎を見た。おやじも思わず身を乗り

出して、手にしていたしゃもじを落としてしまった。

——やはり、知っていた。

と金四郎は思いながら続けた。

「それだけじゃない。亀吉は、海老蔵だの菊五郎だのと名を変えては、色々な女をたぶらかして、銭金を貢がせていたんだ」

「そんな……そんなの嘘です」

おみつは首を大きく振って否定した。

「そういう男でないと知っているのなら、奴の居所を話せるはずだ。違うか？」

金四郎の語気が思わず強くなると、おやじは、おみつを庇《かば》うように立って、

「……その話は本当かい、あんちゃん」

「ああ。そいつのお陰で、一人の娘が死に、何人もの女が悲しみのドン底に陥った。町方も探してる」

「おみつ……」

おやじは、おみつを見やると正直に話すよう促した。だが、おみつの方は大粒の涙を落としただけで、口は開かなかった。仕方がないと吐息をついて、おやじが訥々《とつとつ》と話し始めた。

「亀吉は、こいつの兄貴なんだよ」

「兄?」

「ああ。実の兄貴だ。奴の二親《ふたおや》は上州で百姓をしていたが、飢饉《ききん》の上に疫痢《えきり》にかかって死んだ。だから、妹のおみつだけを俺が預かって……もう十五になってた亀吉は、人の世話で鳶《とび》の見習いなんぞをやってた。だが、鳶の親方と喧嘩をして飛び出して、飄然《ひょうぜん》と姿を消しやがった」

「消した……」

「だが、数年してここに現れた時には、少々、羽振りがよかった。小田原の方で米札を扱った商売がうまくいったので、江戸に戻って来たって言ってたが……俺は信じちゃいなかった。どうせ博打かなんかで当たったものだと思ってたよ。あいつは小さい頃から、我慢強く何かができる人間じゃなかった」

「……」

「けど、十も歳が離れている妹のことだけは思っていたみたいでな……生まれつき体が弱いから、顔を出すたびに心配してよ。妹のためだって、朝鮮人参だの鮫《さめ》の肝《きも》だの高いものばかり持って来て、薬代だって何両もの金を置いていきやがった……俺もこの商売だ。羽振りは悪いから、ありがたく受け取ってた」

金四郎は啞然となった。女を食い物にした挙げ句、殺しまでやった男が、その裏ではささやかな善行をしていた。自分の実の妹に対してとはいえ、思いもつかぬことだった。

──奴にも僅かながら、仏心があったというわけか。

と金四郎は複雑な気持ちになった。が、それでも許されることではなかった。

「盗人にも三分の理というわけか？　だが、おみつ……おまえには可哀相だが、それは汗水垂らして稼いだ金じゃねえ。女を騙して、酷い目に遭わせて得た金だ」

金四郎の言葉に、嗚咽《おえつ》していたおみつは堰《せき》を切ったように泣き出した。あるいは、兄はまっとうなことをしていないと気づいていたのかもしれない。

「亀吉は何処にいるんだ？」

「ここにはいねえよ」

と、おやじが答えた。居場所を尋ねても、本当に知っている節はなかった。

「……ゆうべ訪ねて来たが、百両もの金を置いて、何処かへ行きやがった」

「本当にあてはないのか」

「ない……」

おやじが首を振ったとき、ガタンと奥で物音がした。もしや、と思った金四郎は、構わず厨房に踏み込んだ。

するど、そこには亀吉が吃驚《びっくり》した顔で立っていた。

「亀吉！」

今しがた、勝手口から戻って来たような様子だった。金四郎が何故この店にいるのかと仰天して見やって、

「てめえは……⁉」

一瞬、混乱したが、亀吉は手元のまな板に置いてあった庖丁を摑むと、金四郎めがけてサッと突き出した。すっと避けた隙に、踵《きびす》を返して外に駆けて行った。

「待て、亀吉！」

追って出て来た金四郎に、亀吉は乱暴に斬りつけたが、素早く腕を摑んで、小手投げで倒すとぐいと首根っこを押さえ込んだ。

「おい亀吉……観念しやがれ。妹が見てるぞ、エッ」

「……」

「てめえにも、人の心があったんじゃねえか。だったら潔《いさぎよ》く、お上に出ろ。そして、てめえの罪を洗いざらい吐いて、すっきりして三尺高い所へ登れ」

「く、くそうッ……おまえがいなきゃ……おまえが俺を探しに来たりしなきゃ、俺は……今までどおり暮らせたンだ、お文と幸せにな。ああ、そいでもって、おみつにもちゃんとした薬を飲ませて、いい医者にみせて……」

と恨み言を吐きながら、必死に抗《あらが》って金四郎を押しのけようとした。色男、金と力はなかりけりとは言うものの、馬鹿力だけはあった。金四郎の腕でも、なかなか押さえきれないほどだった。

だが、店のおやじは呆然と佇《たたず》んでいるだけで手を貸そうとしなかった。むしろ、このまま金四郎にふん捕まえさせてよいのかどうか、迷っているようにさえ見えた。

動いたのはおみつだった。すぐ側にあった小さな水甕《みずがめ》を抱えると、何のためらいもなく金四郎の背中に投げつけた。ゴッンと鈍い音がして甕が割れ、金四郎は水浸しになった。

蹴上げるようにして起きた亀吉は、金四郎の顔を殴ると同時、地面に落ちていた庖丁を拾うと、両手で握り直した。

「てめえッ」

とまっすぐ体当たりをして金四郎を突き刺そうとしたとき、

「あんちゃん、殺すのはやめて。逃げてッ。早く逃げて！」

そう叫びながら、おみつはようやく起きあがろうとした金四郎に背中からしがみついた。兄を思う一念だったのだろうが、あまりにもひ弱な力だった。肘で振り払うだけで倒れてしまいそうだった。だから、金四郎はあえて、おみつのなすがままにさせて、

「亀吉……妹にこんな思いをさせたのは、おまえだ。本当に逃げていいのか……それで、おまえの心は救われるのか……」

「うるせえ！」

「妹に逃がして貰って恥ずかしくないのか。最後くれえ、本当の格好いい兄貴になってみたらどうだ……死んだ者に詫びろ。辛い目に遭わせた女に謝れ……悔い改めることは決して恥ずかしいことじゃねえ。一番、ああ……一番人間らしいことだと俺は思う」

「若造のくせに……」

と言いながらも、亀吉はほんの一瞬だが、全身から力が抜けたようだった。おみつが金四郎から離れ、地面に崩れて泣き出したからである。

「おみつ……」

庖丁を突き出したまま、立ち尽くした亀吉に、金四郎は手を差し出した。

「さあ……そんなものは棄てろ」

「……」

「これ以上、無様なことはするんじゃねえ」

店のおやじも金四郎に同調するように頷いて、

「……亀吉……俺も悪かった……おまえがやってることは薄々知っていた……でも、俺は……見て見ぬふりをしていた。本当はきちっと叱ってやらなきゃならなかったんだ」

と震える声で言った。

亀吉はぐっと歯を食いしばっていたが、庖丁は放そうとせず、少しずつ後ずさりをしていった。まだ逃げようと思っているのかもしれぬ。あるいは、行き詰まったがために、自害しようとしているのかもしれない。

その時、亀吉の背後に、ゆらりと村上が立った。傍らには、十手と捕り縄を持った万蔵も控えている。

「すべて見ておったぞ、亀吉。もはや逃れられまい。神妙に縛《ばく》につけ」

村上がそう言った途端、亀吉はわあっと庖丁を振り回しながら、村上に向かって行った。途端、村上は刀を抜き払って、「きえい！」という気合とともに、亀吉を袈裟懸《けさが》けに斬り倒した。

「あっ」

と声を上げたのは、おみつだった。

無言のまま、一瞬のうちに倒れた亀吉は、絶命していた。鎖骨の上から斜めに斬られていたのだ。

「む、村上様！　斬ることはなかったんじゃないですか！　亀吉は……」

「おまえが斬りたかった相手であろう」

金四郎は何度も首を振りながら、

「縛って、奉行所に連れて行くことだってできたはずだッ」

「どうせ、打ち首か獄門だ」

「それでもです。こいつは……亀吉は、後一歩で自ら悔い改めたかもしれねえんだ……やったことを反省させて、処罰するのが、お上ってもんじゃねえんですかい……よう旦那。そうじゃねえのかよ！」

目を真っ赤にして金四郎は叫んだ。

だが、村上は、

「甘いな。こっちが殺されてたかもしれねえんだ……それに、こんな極道者に今更、情けをかけてなんとする。バカは死ななきゃ、なおらねえんだよ」

次の瞬間、金四郎はガツンと村上の頬を殴っていた。よろめいて倒れた村上に、さらに蹴りを入れようとしたが、どうにか自ら押さえて、亀吉の亡骸に駆け寄った。そして、カッと見開いたままの目を、そっと閉じてやった。

「……おみつ」

金四郎は何か言いかけたが、直視することができず、逃げるように立ち去った。そうすることしかできなかった。


その夜――。

女彫り師・お蝶の前に投げ出していた金四郎の背中は、まだ興奮が治まらないのか、小刻みに震えていた。

「どうした、お蝶さん。さっさと彫ってくれねえか。今日は花びらひとつじゃねえ。そうよな、一度にぱっと沢山、彫って貰おうか」

「……」

「さあ、やってくれ」

しばらく、お蝶は針を持ってじっとしていたが、いきなりパンと背中を叩いた。

「なんでえ」

「帰りなさいな」

「え？」

「この花びらのひとつひとつは、あんたの手柄だったんじゃないのかい」

「手柄じゃねえ。懺悔《ざんげ》だよ」

「そうかい。だったら、余計、彫りたくないねえ」

「なんだって？」

「私はねえ、この背中一杯に、色艶のいい桜が満開に咲くのを楽しみにしてるんだ。そのときこそ、あんたが一端《いっぱし》の人間になるって信じているからさ」

「……」

「やけのやんぱちで入れるなんざ、極道以下だね。私はそんな汚れた彫り物は入れたくないんだよ」

「お蝶さん……」

金四郎は起きあがって、お蝶を振り返った。いつになく険しく突き放すような目で、金四郎を睨みつけていた。

「さ、帰った、帰った」

「そうかい……そうだな……」

と金四郎もじっと見つめ返した。そして、はだけていた背中を隠すように着物を着直すと土間に降り、ゆっくりと表戸を開けて外に出た。

中天の月がくっきりと輝いていた。

金四郎はしばらく見上げていたが、後ろ手で戸を閉めてから、長い影を引きずるように歩き出した。

第三話　女の花道

一

浜町河岸の外れに山伏井戸《やまぶしいど》と呼ばれる所があり、わずかばかりの田圃《たんぼ》を耕しながら、小さな荒《あばら》屋《や》で暮らしている子供たちがいた。子供といっても、十四、五の最も感受性が強くて面倒な年頃であろうか。

隅田川を上り下りする猪牙舟《ちょきぶね》や屋形船の櫓音《ろおと》が、川風に乗って聞こえてくる。日和《ひより》のよい日は、対岸の石蔵で働いている人足たちの顔までが見える。

今日も朝から、からっと晴れた青空が輝いており、まもなく川開きの時節柄、花火を待ちわびている江戸っ子の、浮き浮きした気持ちが弾けているような昼下がりであった。

辺りの雰囲気にはそぐわない艶《あで》やかな着物に、ちゃらちゃらと髪飾りをつけた武家娘が現れた。誰かを探しているようである。

「おかしいわねえ。たしかに、この辺りに来たと思ったんだけれど」

そう呟いたのは、千登勢《ちとせ》である。

勘定奉行稲葉《いなば》主計頭《かずえのかみ》の一人娘で、金四郎とは親同士が決めた許嫁《いいなずけ》である。

もっとも、勘当の身となっている金四郎は、そんな親の約定など守ろうとは露ほども思っておらず、迷惑千万と避けていた。だが、千登勢の方は、十一、二歳の頃に、金四郎の口から、

『おまえを幸せにしてやる。一生背負って歩いていく』

と約束されたことを神の啓示のように信じきっており、未《いま》だに追いかけているのだ。

今日も、芝居街まで金四郎を訪ねていったのだが、中村座では居留守を使われた。そんなのは嘘だと分かっているから、四半刻（三十分）ばかり見張っていたら、金四郎がこっそり裏口から出て来た。そのまま堺町を出て、ぶらりと浜町界隈をうろつき、この山伏井戸あたりに来たのである。

ふいに路地に入られ姿を見失ったので、千登勢はあちこち歩き回っていたのである。すると、目の前に隅田川に面した畑が現れた。夏の青物がたわわに実って

いた。だが、

——私のような者が来る所ではない。

と感じた千登勢が、その場を離れて、近くの古い神社の境内を抜けながら、なおも金四郎の姿を探していると、突然、社《やしろ》の陰から、人相の悪い子供たちが数人現れた。みな薄汚れた着物で、手には各々《おのおの》、木刀やら匕首《あいくち》やらを持っていて、いかにも悪ガキという連中だった。

「姐《ねえ》さん。腹減ってンだよね、俺たち。よう、腹が減ってんだよ」

一番の兄貴格らしい子供が怒り肩で近づいて来た。その後ろには、他の子供たちがニタニタ笑いながら立っている。

「な、何ですか、あなた方は」

千登勢はぐっと帯に差している懐刀を握り締めて睨《にら》みつけた。

「そんな顔しなくたっていいじゃねえか。あんたを取って食おうってンじゃねえんだ。腹が減ったから、うまいものでも食いてえ。だから、分かるだろうがよ」

「金を出せ、とでも?」

「ハハ。こりゃ利口な姐さんだ。有り金、ぜんぶ置いて行きな」

「あんたたち、まだ子供でしょ。何ですか、そのならず者みたいな態度は」

「子供？　アハハ。子供だとよ」

　と兄貴格の子供は仲間たちを振り返って、「このお姐さんに俺たちが子供かどうか、教えてやろうか。なあ！」

　子供たちから、「そうだ、そうだ。喜六《きろく》の兄貴、着物をひっぺがしてやろう」「裸にしてやろうぜ」「俺、こんな年上、大好き」などと煽るようなせりふが続いた。その下卑《げび》た声を追い風にするように、喜六と呼ばれた悪ガキは凄むような目になって、一端《いっぱし》のならず者風にさらに近づいて来た。

　千登勢が怯《ひる》んで財布を出すとでも思っていたのであろうか。だが、喜六がすうっと手を伸ばした次の瞬間、その手首を摑んだ千登勢は素早い動きで柔術の関節技をかけて、引き倒した。

「うわッ」

　と前のめりに倒れた喜六は、顔面をしたたか地面で打った。同時、悪ガキたちは驚いて逃げるかと思いきや、すぐさま千登勢をずらり取り囲んで、

「てめえ、ふざけやがって！　孫市《まごいち》、三吉《さんきち》、やっちまえ」

　と言いながら、本気で匕首を振りかざして突き掛かってきた。

　千登勢はかろうじてよけたが、木刀を持っている三吉が打ち込んできた。

だが、千登勢も小太刀や薙刀《なぎなた》などの武芸をたしなんできている。チンピラごときに簡単にはやられなかった。小袖を羽のように靡《なび》かせながら、次々と相手の攻撃をかわして、突き倒した。

だが、さらに五人程の子供が駆けつけて来て、漁師の投網のようなものをバサッと千登勢に被せた。途端、身動きが取れなくなった千登勢を、網を絞るようにして引き倒して、木刀で殴り、蹴ろうとした。

その時である。

「やめねえか、ばかやろう」

と、一際、背の高い少年が、ゆったりと社の裏から駆け出て来た。

「女をいたぶって何が面白いンだ。やめとけ」

喜六は振り向くなり険しい顔になって、

「庄助《しょうすけ》。てめえの出る幕じゃねえ、すっこんでろ！　俺はこんな生意気な女が一番嫌いなんだよッ。女なんざ、小汚え生き物だ。ぶっ殺してやる！」

と俄《にわか》に興奮気味に一蹴りして、さらに三吉から木刀を取って殴ろうと振り上げた。

だが、素早くその懐に入った庄助は、木刀を握った喜六の腕を摑んで引き倒した。

「やろうッ。新入りのくせに生意気なんだよ、やっちまえ！」

喜六が叫ぶと、孫市や三吉たち他の子供たちは一斉に庄助に躍りかかっていった。

だが、庄助は体が大きい上に力が強いので、次々と相手を殴り倒した。そのうち庄助も興奮して、鬼のような形相に変わって、投げ飛ばした相手が石段で頭を打ったにも拘《かか》わらず足蹴にした。まるで殺すような勢いだった。

そこへ、「待て、待て」と鳥居の方から突っ走って来たのは金四郎だった。

庄助は憤りが頂点に達したまま、後ろ襟に手をかけようとした金四郎にも殴りかかったが、その腕をガッンと跳ね返して、足払いをかけると後ろ手に捕らえて固めた。

「は、放せ、このやろう！」

庄助を押さえつけた金四郎は、ギラリと険しい目を喜六たちに向けて、

「てめえらも、てめえらだッ。多勢に無勢。しかも、難癖つけてたのは、そっちじゃねえか。なんなら、俺が相手するぜ」

と腹の据わった声で言った。

　喜六たちはあっと息を飲んだ。近頃、この辺りをうろついている金四郎の顔を知っていたのだ。しかも、地回りのやくざ者を、軽く叩きのめしたのも見たことがある。

「あ、こいつ……に、逃げろッ」

　と喜六が叫ぶと、悪ガキどもは蜘蛛《くも》の子を散らすように逃げ出した。それでも追いかけようとする庄助を金四郎はぐっと引き止めて腕をねじ上げた。

「いてて……痛えじゃねえか、このやろう！　俺は奴らから、その女を助けてやっただけじゃねえか！」

　抗《あらが》う庄助をさらに締め上げて、金四郎は意見した。

「ものには程度があるンだよ。あのままじゃ、あいつは死んでた。違うか」

「けど、奴らはあんな大勢で……いてて」

　あまりの痛みに顔が青ざめてきた。

　思わず駆け寄った千登勢は、

「放してあげて、金四郎さん。あなた……ずっとそこにいたのなら、私が危ない目に遭ってたのも見てた訳でしょ。どうして助けに入ってくれなかったんです」

「あんなガキどもくらい、千登勢の小太刀や柔術の腕前ならば、本気を出せば箇単に追い払えたはずだ」

　と金四郎はにこり笑った。

「そんなことはありません。あの子たちは本当に性質《たち》が悪くて……」

「ま、何事もなくてよかったよ」

　庄助を突き放した金四郎は、もう一度諭《さと》すように、「おめえはどうやら、カッと頭に血が上ると見境なくなるようだが、気をつけてねえと、つまらねえことでお縄になっちまうぞ。相手もそうだが、てめえの人生も台無しになる。気をつけな」

「ちょっと金四郎様。その言葉、そのまま、あなたに返して差し上げますわ」

「え？」

「そんな訳知り顔したってダメです。あなたほど見境なく立ち居振る舞う人はいません。お父上たちも嘆いていらっしゃいます。早くお屋敷に帰って下さい。少なくとも、このような所でうろついたりするご身分ではないはずです」

「ご身分ねえ。俺はそういうことを気にする奴が一番嫌いでね」

「気にしようがしまいが、人にはそれぞれ立場があるものでしょう。あなたは、そんなに旗本に生まれたことが嫌なのですか」

千登勢が気丈な声で言うと、庄助はえっと驚いた顔になって、

「お旗本……」

と呟いた。僅かに萎縮したような、それでいて反抗的な目で、不満げに何かを言いたげになったとき、

「庄助ッ」

鳥居の下から声がかかった。金四郎も振り返ると、南町同心の村上が岡っ引の万蔵と一緒に近づいて来ていた。アッという顔になって、庄助は逃げ出そうとしたが、金四郎はすぐさま手を握った。

「しつけえな、あんたも。俺は知らねえったら、知らねえンだよ！」

庄助は言い訳めいて怒鳴ったが、村上は何かを見据えたような目つきで、ゆっくりと歩み寄ってきた。どうやら、今しがたの喧嘩のことではないようだ。

――やはり、あの事は町方でも調べていたか……。

と金四郎は腹の中で思った。

二

堺町の自身番に連れ込まれた庄助は、まず家主の権蔵が、名や住まいなどを訊いて、なぜ喧嘩をしたか問い質《ただ》した。もっとも、本当は素性は前々から知っているふうである。

「だから……」

庄助は面倒臭そうに唾棄《だき》するような言い草で、「そこのお姐さんに訊いてみりゃ分かることじゃねえか。あいつらに酷い目に遭ってたから助けってやったまでだ。それが悪いのか。人助けをするのがよ」

自身番の奥の板間には、金四郎とともに千登勢もつきあって来ていた。その時の状況を村上に話すためである。もちろん、金四郎には別の狙いがあったが、まだ誰にも喋らないでいた。

「おい。そんな言い草をしてちゃ、いつまで経っても、お解き放ちにならねえぜ」

と権蔵はドスのきいた低い声で、庄助を責めるように言った。権蔵も芝居街の自身番を預かる男である。元々は裏の社会とも通じていたからか、肝がどんと据わっていた。だから、知らぬ者が見ると随分と怖く感じる。しかし、性根は優しい男で、殊に子供が曲がったことをしているのを見かけたときなどは、きっちりと叱ってやるものの、それは思いやりからであって、最後まで面倒を見てやるような人間だった。

権蔵は机の上の書き物を途中で止めて、筆を置いた。

「な、話してみな。村上の旦那は、御用にかけちゃ、与力様も一目も二目も置くようなお方だ。悪いようにはしないと思うがな」

「……何の話だい。喧嘩のことじゃねえのかい」

少し切れ長の目を向けて、人を小馬鹿にするように鼻を鳴らした。

権蔵はそっと庄助の肩を抱くようにして、

「喜六たちとの喧嘩なんざ、こっちは何とも思っちゃいねえよ。どうせ、仲間同士の内輪もめじゃねえか。そりゃ大怪我させたり、死なせたりしちゃまずいだろうが……ま、これで、おまえも喜六よりも一枚上になれるんじゃねえか？」

その話を聞いていた千登勢は、えっという顔になって権蔵に訊いた。

「仲間……って、この子と私を襲ってきた子供たちは仲間だって言うんですか？」

「ああ。同じ屋根の下で暮らしてる」

「そうなの？」

「もっとも、こいつは半月程前に来たばかりの新参者。喜六とはウマが合わねえから、つるむのが嫌なんだそうだ」

　どういうことなのか千登勢が、もう一度、問いかけようとしたとき、ガラッと木戸が開いて、中年の女が入ってきた。継《つ》ぎ接《は》ぎだらけの着物で、野良仕事でもしていたのか、顔や手が薄汚れていて、白いものが混じっている髪も、櫛《くし》で梳《す》いているだけである。

「これは美里《みさと》先生……」

　と村上は腰を軽く上げてから、千登勢を振り返って、「これで俺が話さなくて済む。庄助と喜六たちのことはこの女医者先生がよく知っている」

「庄助。あんた、また人に大怪我させたんだね、性懲《しょうこ》りもなくッ」

　美里が厳しい声で言うと、庄助は少しだけ申し訳なさそうに頭を垂れたが、すぐさまそっぽを向いた。権蔵はその庄助の首根っこを摑んで、

「ちゃんと美里先生に謝りな」

と顔を振り返らせた。庄助はその手を振り払って、不機嫌な声で、ごめん、とだけ言ってまた俯《うつむ》いた。どうやら、美里だけは苦手のようだった。

「まったく、あんたって子はもうッ。喜六たちの誰かが死んでたら、どうするつもりだったんだい！」

美里はパシッと庄助の頭を叩いてから、村上や権蔵に深々と頭を下げて、二度とこんなことはさせないと謝った。

すると、千登勢はすっと美里の前に立って、自ら勘定奉行稲葉主計頭の娘だと、名乗ってから、

「この子は私を助けるために乱暴を働いたのです。多勢に無勢。手を抜いたりすれば、庄助さんの方が怪我をしていたかもしれません。どうか一方的に叱るのはやめて下さい」

「違いますね」

と女医者はきっぱりと言った。

「庄助があなたを助けたのは単なるキッカケに過ぎません。喧嘩をしたかっただけなんですよ。しかも、喜六たちとは特にね」

「どういうことです」

「失礼を承知で言いますが、あなた様には関わりないことです。危ない目に遭いたくなかったら、今後、あの辺りには近づかないことです。お武家のおひい様の来る所ではありません」

「そんなふうに言われると、私、何度でも行きたくなります。天下の往来、何処《どこ》をどう通ってもよろしいのではありませんか」

「では、お好きになさいませ。今日のように、うまく助かるとは限りませんよ。ええ、うちの子供たちだけじゃありません。あの辺りには本当の極道者がうろうろしておりますのでね」

「うちの子供たち……？」

「はい。私の子供たちです」

千登勢は驚いたが、本当の子供でないことは一目瞭然である。実は、どういう経緯か仔細は分からぬが、美里は喜六たち、親に棄てられた子供を集めて、暮らしの面倒を見ていたのだ。寺子屋に通いたい者には、そうさせ、嫌だという者には自ら読み書きを教えて、まさに養母となって育てていたのである。

中には、喜六のように性質の荒い者もいて、ふつうの家庭に育った子供たちと何かとゴタゴタを起こしては、同心や岡っ引の手を煩《わずら》わせていたのである。

そんな中に、半月程前に、庄助が加わったのである。喧嘩で怪我をして、美里の診療所に担ぎ込まれたのがキッカケだった。庄助もまた親に見捨てられて、追い出されていたのである。

「では、村上様、家主様。大変、ご迷惑をかけました。失礼します」

と庄助の手を取って立ち去ろうとしたが、村上がすっと近づいて、その手を放させた。

「今度ばかりはハイどうぞと帰す訳にはいかないんだよ、美里先生」

「と……申しますと？」

「ちょっとばかり、気になることがあってな。こいつからも話を聞きたいと思って、連れて来たんだ」

「どういうことです」

「実は……」

と声を潜めて何か言おうとしたが、金四郎と千登勢を振り向いた村上は、

「おい。金四郎、おめえはそのおひい様を連れて、さっきの連中に狙われないように守りながらお屋敷にお連れしろ」

「え、あっしがですか？」

「そうだ」

「でも……」

「でももヘチマもねえ。さっさとしねえか」

村上がぞんざいに言った。

それを聞いた千登勢が、無礼な振る舞いは許しませんよ、金四郎様は遠山家の
……と言いかけたとき、

「いいよ。出ましょう」

と金四郎は千登勢を外に連れ出した。素性を隠すつもりはないが、村上相手だと色々と面倒だから、金四郎は連れ出したのである。どうせ、何を言っても、金四郎のことはあまり信用していない村上だからだ。

表に出た金四郎は、夏の暑さに加えて、芝居街の賑わいによって蒸《む》れたような通りを、ぶらぶらと歩いた。千登勢はまるで女房のようについて行く。

「金四郎様。本当にどういうおつもりなんですか」

「そうだな……村上様には他に考えがあるんだろうよ」

「その話じゃありません。なぜ金四郎様は家を飛び出して、ならず者みたいな暮らしをしているのですか。あなたは父上に勘当されたなんて言ってますが、本当

はあなたが勝手に飛び出したんでしょ」

「ふむ。だったら、どうした」

と金四郎はわざと悪ぶった口調で、千登勢を振り返った。

「金四郎様……」

「俺はこうして町場で好き勝手に暮らしていくのが性に合ってるんだ。前にも言ったはずだ。おまえとは生きる渡世《とせい》が違うんだ。分かったら、もう俺をつけ回すなんてことはやめることだ」

「つけ回すだなんて……人聞きの悪い」

「そのとおり。人聞きが悪いだの、旗本だからどうのと、人の目を気にして暮らすことが俺には堪えられねえんだよ。好きに生きてくのだから、勝手にさせろってんだ」

「そんなの、さっきの子供たちと同じじゃないですか」

「そうだな。ま、似たようなものだ」

「いいえ。あの子たちはまだ若い。でも、もうあなたは元服をとうに過ぎて、あたりまえに修行していたら、幕府のお役人としてきちんと働いているはずです」

「それが嫌だから俺は……」

ムキになっても仕方がないと思った金四郎は、堺町の東の外れにある掘割の外まで連れて来ると、きちんと向き直った。

「いいか、千登勢。俺のことにはもう構うな。おまえは自分の幸せだけを考えていればそれでいいんだ」

「私の幸せは……」

「なんだ」

金四郎と一緒に生きることだ、夫婦になることだと告白しかけたが、何を言っても拒まれるに違いないと思った千登勢は、静かな声で、

「……いえ。もう、いいです。でも、私は私で、金四郎様を見張ってますから」

「見張る？」

「はい。それが私の務めでもありますから。それと……私も少々、庄助って子のことが気になりました。ああいう子は概《おおむ》ね、周りの大人のせいで、ああなったのです……金四郎様のようにね。だから、あなたのことも見張り続けます」

そう言うなり、突き放すように離れると、新和泉町の方へ駆けるように立ち去った。金四郎はその揺れる帯を見ていたが、

――あのキツい性格では、嫁に貰った奴が大変だろう。

と胸の中で呟いて笑った。

三

庄助の身柄を引き受けて、山伏井戸の診療所に帰って来たときは、すっかり日が暮れていた。村上と権蔵の追及が相当厳しかったとみえ、美里の方が消耗したような顔をしていた。

だが、庄助の方は何が嬉しいのかニコニコしていて、まったく反省の色を見せていなかった。その顔を見た美里は、

「何がそんなにおかしいのよ」

と怪訝《けげん》そうに言った。

「おかしいんじゃねえよ。嬉しいんだよ」

「嬉しい?」

「ああ。あんた、俺のこと、一から十まで庇《かば》ってくれたからよ」

「他に誰が庇う人がいるんだい」

「だからだよ。ちょっと嬉しかったのは」

「だったら、二度と喧嘩しないことだね。いや、喧嘩はいい。今日のように困っている人を助けるためならね。でも、程度を知れってことだよ」

「……あんた、本当はお上のこと嫌いじゃないのかい？」

「え？」

「だって、村上って同心に結構、食ってかかってたからよ。めちゃくちゃ苛ついてよ」

「あまりにもしつっこいからさ。おまえが〝丸山《まるやま》の八五郎《はちごろう》〟って極道者の手下じゃないかってさ、ありゃ思い込みだ。人を色眼鏡で見てる証《あかし》さね」

「〝丸山の八五郎〟といや、江戸でも指折りの親分さんだ。俺もそういう人の傘の下で、大暴れしたいものだぜ。できれば盃なんぞ交わさせて貰ってさ」

「下らないこと言うんじゃないよ。いいね。どんなに立派な人間に見えても極道は極道だ。近づいちゃいけないよ」

はい、はいと、二つ返事で答えた庄助は、妙に爽《さわ》やかな顔をしていた。心の中では、美里のことを母親のように思っているのであろう。

美里と庄助が入った山伏井戸近くの診療所とは、今朝方、千登勢が見た荒屋だった。

表に『診療所』の看板もなく、屋内にそれらしい器具もさほどなさそうだ。

屋敷内には、喜六たち数人の子供たちがいた。自分たちで飯を作って食べていたらしく、後片付けをしているところだった。

「みんな、いい子だね。自分のことは自分でする。それができれば半人前だ」

と美里は、庄助を引き入れながら、子供たちにそう言った。

「だったら、一人前は何ができればいいんだい、先生」

そう喜六が言うと、他の子供たちもどう答えるか楽しむように見ていた。

「分かり切ってるじゃないか。他人様のお役に立ったときだよ。おまえたちは自分のことはできるかもしれないが、いや、自分のことしかできない。人に思いやりをもって、人のために働いたとき、やっと一人前になれるんだよ」

喜六たちが納得しかねるような曖昧な笑みで見ているのへ、庄助の方から進んで、

「今日は俺がやりすぎた。すまねえ」

と言うと、他の子供たちは納得できないような不満な顔をしていた。殊に、殴られて怪我をして包帯を巻いている子供は、怨みがましい目で見ている。だが、喜六が頷いて、

「俺たちも悪かった。これからは仲良くしようや」

と言ったので、庄助も笑顔を返したが、表向きだけの仲直りだな、と美里は感じ取っていた。

だが、たとえ腹の中がどうであれ、形として謝るということも大切である。誠意を見せろとか、本気で謝っていないなどと、もっと高いことを要求することもあるが、まずは謝ったことを認めてやるべきである。子供たち同士が今後どうするか見守るしかない。

「さてと……明日は忙しくなるから、もう寝なさい」

「忙しい？」

と庄助が訊くと、美里は当然のように頷いて、

「ああ。みんなで町内の溝渫《どぶさら》いをするんだよ。町入用から幾ばくか貰っている限りは、お手伝いしなきゃね。近頃は、溝や掘割にゴミを捨てる輩《やから》もいるからね」

「そんな面倒臭いことやってられねえや」

誰かがそんな声を洩らした。

「そうそう。やりたい奴だけやりゃいいじゃねえか。そんな汚ねえこと、やりたくねえな、俺たちは」

と別の者が言い出すと、誰も彼もが人任せにするような態度になった。だが、美里は一向に叱る素振りは見せない。

「そうかい？　掃除って楽しいけどな。なら、いいさ。私一人でやるから。どうせ、診療所に来る客もいないしね」

「客？」

「ああ。患者はお客様だ。世の中、みんな元気だったら、こちとらおまんまの食い上げだけどね。まあ、来ないってことは平穏無事だってことだから、いいじゃないか」

「だったら、俺が怪我人、連れて来てやろうか？」

庄助が冗談めいて言うと、美里は笑いながら、

「ばか。おまえが怪我させるンだろ？」

「違いねえや」

たわいもない話をしながら、子供たちは鰻《うなぎ》の寝床のような所に、それぞれが布団を敷いて寝始めた。いるのは男の子ばかりである。だから雑魚寝《ざこね》ができるのだが、日なたの匂いがする布団に身を埋めると、みんな俄にうとうととなった。

──布団で寝られて嬉しい。

というのが、どの子供も抱いている正直な思いだった。

それはそうである。美里が拾うまでは、地べたに寝ていた者もいる。夏はじめじめしていて、冬は冷たい。まるで野良犬のような暮らしに慣れてはいても、布団に横になった途端、気持ちが急にひ弱になる。涙が出そうなくらい、安堵に似た喜びが広がるのを、子供たちはみな体験していた。だからこそ、ここから離れられないのである。

ならば、十五歳にもなれば、真面目に働けばよさそうなものだが、雇ってくれる所がない。美里が後見すると言っても、他人様から見れば、美里自体が怪しげな医者である。しかも、誰もが近づきたがらない、猛犬のような子供たちを何人も〝飼って〟いるのだから、

「あの女も変な奴だ。関わりは避けておこう」

と思うのが人情だった。

だが、美里はまったく平気であった。他人様から変な目で見られるのは、子供の頃から慣れていた。人に必要以上の同情を求めることもなかった。そもそも、世間は弱い者やはぐれた者には冷淡だということもよく知っていた。だから、自分が、行くあてのない子供たちを守ってやるしかないという思いで一杯だった。

すぐに寝息を立て始めた子供たちの顔を見て、

――偉そうにしたって、なんだかんだと言ったって、まだ年端もいかぬ子だ。赤ん坊のように寝ちまう。

と美里は微笑《ほほえ》みながら、みんなの寝顔を眺めていた。それが、一日、働いて疲れた美里にとって、一番癒されるときだった。

翌朝――。

美里が眩《まぶ》しすぎるくらいの朝日で目を覚ますと、子供たちの布団はすべて抜け殻だった。直ぐに起きあがって、辺りを見回したが誰もいない。慌てて外に飛び出しても、隅田川を渡る舟の櫓の音がするだけで、誰の気配もなかった。

「みんな……また逃げちまったか……」

がっくりと両肩を落とした美里は、胸にぽっかりと空洞ができたように座り込んだ。

前にも何度か、このようなことがあった。まるで犬猫のように気まぐれにいなくなるのである。数日経って、ひょっこりと帰って来る子もいたが、そのまま何処へ行ったか分からなくなる子もいた。

大抵は激しく叱りつけた日の翌日だった。だから、近頃は、あまり怒らないようにしていた。そして、大概は一緒に遊んでいた。釣りをすれば釣りを、追いかけっこをすれば追いかけっこを。ふざけて、物を壊せば、美里も一緒になってやった。

作物を踏みにじったり、人の物を盗んだり、怪我をさせたり、心を傷つけたりするようなこと以外は、子供たちの思うがままにさせていた。

——一緒に〝悪さ〟をやる。

それが美里なりの子供への接し方であり、愛情であった。だが、それが裏目に出ることもしばしばある。

今朝が、その日だった。

四

町内の溝浚いに出かけた美里は、先日の雨のために土砂物や流れてきた塵芥《ちりあくた》などを掻き出すのに一苦労するなあと思っていた。が、来てみると、堺町の北側の新材木町、新乗物町、東側の新和泉町から、南側の芳町あたりまで一帯の溝はすべて、きれいに浚われてあった。

「……おや？」

と街角を見やると、昨日、堺町の自身番にいた金四郎の姿が見える。朝日に光る額の汗を拭いながら、せっせと溝を掃除していた。相当、気合を入れてやったのであろう、顔にも蛇の目柄の着物にも、泥が飛び散っていた。

「昨日はどうも済みませんでしたねえ」

金四郎に声をかけた美里は、手にしていた溝浚い用の鍬《くわ》を土塀に立てかけて、何もしていないのに、じんわりと噴き出してくる汗を手拭いで拭いた。今日も暑くなりそうである。

「金さんでしたかね……昨日は、ちょいとばかり慌ててて、庄助を助けてくれたのに、お礼も言わずにごめんなさいね」

「なに、助けてくれたのは庄助の方だ。千登勢も感謝してる」

金四郎は爽やかな笑顔を返した。千登勢と金四郎が、親が決めた許嫁ということを美里は知らないはずだが、なにげなく、

「お似合いの二人でしたよ。でも、身分違いだから、恋を成就するのは大変な苦労があるだろうけど、頑張って下さいね」

と的はずれなことを言った。

美里も少しばかり、慌て者でおっちょこちょいなところがあるようだ。

「それにしても……」

美里は辺りの溝を眺め回しながら、「よくこんなに綺麗に……大変だったでしょう。私、少し起きるのが遅くなって」

「俺がしたんじゃないよ」

「え？」

「朝の散歩にぶらりと来てみたら、おたくの子供たちがみんなで、えんやこらと溝浚いをやってるじゃありやせんか」

「……！」

「だから、大人の俺がやらねえ訳にはいかないので、仕方なくね……」

と言って、金四郎はもう一度ニコリと笑いかけた。戸惑った表情で、辺りを見回した美里は、とても信じられないという顔で、綺麗になった溝を丹念に眺めた。

「本当……ですか？」

「ああ。あいつら、なかなかの根性してるよ。これだけ広い所を、一刻ばかりで浚って、向こうの土砂場に棄て、塵芥は芥舟《あくたぶね》まできちんと運んだんだからな」

美里はまだ信じられないという顔で、

「でも、ゆうべはみんな嫌がってたんですよ。それどころか……」

みんなしていなくなったことを話した。金四郎は大笑いをして、

「それは、美里先生を驚かせようと思ったんじゃねえのかな」

「驚かす？」

「うん。庄助も喜六も茶目っ気があるってことだ。そういや、庄助は、『先生は疲れて寝てるから、自分たちだけで掃除しに来た』って言ってたぜ」

「自分たちだけで……でも、何処にいるんです？」

と不思議そうに辺りを見る美里に、金四郎も子供のようにはしゃぐ真似をして、

「川に泳ぎに行ったよ。汗だくで気持ちが悪いってな。でも、顔はみんな気持ちよさそうだったぜ。少しは他人様のために働く喜びを感じたかな」

「働く喜び……」

「もっとも、俺は遊び人だから、そんなことを言う柄じゃないがな」

美里は金四郎が、ただの遊び人ではないことは、薄々気づいていた。しかし、

どうしても腑《ふ》に落ちないのは、金四郎と一緒に子供たちが溝浚いをしたことである。まさに他人には牙を剝く猛犬でしかない庄助たちが、大人の言うことに従ったことが不思議だったのだ。

「そんな驚くことじゃありやせんよ。言ったでしょ。みんな、先生思いなんですよ。日頃から、そう思ってる証だ」

「でも……」

「美里先生が奴らを信じないでどうするんで？　もっとも……ちょっとしたカラクリはありますがね」

「カラクリ？」

「ま、それは聞かぬが花ということで」

金四郎が鼻先を拭うと、余計《よけい》汚れが広がった。それを見た美里がふふっと笑ったとき、叫び声が起こった。男たちの怒鳴り声である。

その中には子供たちの声が混じっていた。

「何かしら……」

また喧嘩でも始めたのかと、土塀の先に見える松並木に駆け出した。土埃が美里の着物の裾に吸い付くように巻き上がった。

松並木といっても数本あるだけで、その先は隅田川の土手になっていた。腰をくねらせて踊っているかのような松は、青々としていて、朝日の中で一層目に鮮やかだった。

金四郎と美里が目にしたのは、庄助たちがならず者二人に立ち向かっている姿だった。相手は日焼けしていて胸板が厚く、まるで関取のように大きかったが、庄助はがむしゃらに突っかかっている。喜六も一緒に、何度弾き飛ばされても摑み掛かっていった。

他の子供たちは腰が引けていたが、それでも仲間を助けなければという思いで、地面に落ちていた棒きれや石を拾って投げつけた。ガッンと頭の後ろを打たれた男は、物凄い形相で振り返るなり、孫市に頭突きをくらわし、三吉を拳で殴り飛ばした。

孫市も三吉も一瞬にして血まみれの顔になり、前歯も折れたようだ。悲鳴を上げて崩れるのを見て、庄助はさらに興奮して殴りかかった。ならず者は鼻っ柱を折られ、髷《まげ》を摑まれてめちゃくちゃにされた。

「てめえ、このやろう！　ガキだと思ってなめるなよ、こら！」

さらに庄助が殴りかかろうとした途端、わっと飛び退《すさ》った。

ならず者の手には、匕首が握られていた。

「おい、小僧……こっちが手加減してりゃ、いい気になりやがってよ……」

と腹の底から響くような声で凄んだ。子供たちはみな背筋が凍ったような目で見て、後ずさりした。

そこへ、金四郎が駆けつけて来て、

「待ちなよ、兄さん。子供相手に刃物を見せちゃ、男が廃《すた》りやすぜ」

「誰だ、てめえ」

中年のならず者たちから見れば、金四郎とて庄助たちと似たようなガキに見えたかもしれない。だが、少し半身に構えて、着物の片裾を握って腰を屈める仕草を見て、

――かなり喧嘩慣れしているな。

と、ならず者たちは思ったようだ。

二人とも海老色の半纏《はんてん》を着ており、その背中には、〝丸八〟の印が白く染め抜かれている。この辺りを縄張りとしている『丸山の八五郎一家』の若い衆であろう。いかにも、喧嘩を売りものにしているという顔つきである。

「年端もいかない子供たちじゃありやせんか。どうか、ここんところはあっしに

免じて」

と金四郎が言うと、ならず者二人はケタケタ笑って、

「免じてと来たか。俺はおめえなんざ知りもしねえがな」

「でしょうねえ。まだまだ駆け出しのひよっこでございやす。堺町の中村座で世話になってる遊び人の金四郎という者でして、へえ」

芝居街で勝手気ままに暮らしていては、喧嘩の仲裁なんぞをしている金さんという若造がいるのは噂に聞いたことがある。その若造がわざとらしく下手になるのが、ならず者たちは逆に面白くない。二人は、丸八一家の岩吉《いわきち》と熊蔵《くまぞう》と名乗ってから、受けた怪我への見舞金を出せと言い出した。

「これは面妖な。喧嘩は兄さんたちの商売みてえなもんじゃありやせんか。素人に怪我させられたからって、一々、薬代をたかってたんじゃ、喧嘩が売り物にならねえほど弱いってことですぜ」

「なんだと、こら」

へりくだりながら、明らかに喧嘩を売っている金四郎に、岩吉と熊蔵は眉を吊り上げて近づいて来るなり、いきなり刃物を突きつけた。怪我をさせてやろうという気が満ちている。

だが、金四郎は身軽によけると、それこそ丸八一家の面汚しにな
「つまらないことで、そんなもんを振り回すと、それこそ丸八一家の面汚しになりますよ。しかも素人相手に」

と言いながら、少しよろけた岩吉の背中を押した。岩吉は均衡を崩して、そのまま前のめりに倒れそうになった。

「てめえッ」

岩吉と熊蔵はまるで仁王のように大きな体で摑みかかったが、金四郎は蝶のように舞いながらも素早く足払いをかけて倒した。そして、起きあがってくるところを叩き落として、何度も同じように繰り返すうちに、相手は到底敵わぬと思ったのか、捨て台詞《ぜりふ》を吐いて逃げ出した。

「や～い！　独活《うど》の大木！」「おととい来やがれ、ば～か」「家に帰ってクソひって寝ろってんだ！」「二度と調子に乗るな」

などと子供たちは好き好きにヤジを飛ばして、金四郎のことを〝英雄〟のように持ち上げていたが、美里は不安な顔をしていた。このまま引き下がるような連中ではないことを、よく知っていたからである。

金四郎はそんな美里の心中を察してか、

「大丈夫だよ、先生。こうなったら、俺が盾になってやる。任せておきなって」

「でも……」

「ああいう連中には弱みを見せないこと。それが一番なんですよ」

金四郎は事もなげに笑った。その底抜けに明るい顔が、美里には余計、不安に感じられた。なぜだか分からないが、長い間、色々な子供を預かってきたが、金四郎のような性質《たち》の悪ガキは必ずといっていいほど、自己犠牲を事もなげにしていたのを、美里は知っていたからである。

「美里先生、これ」

と庄助が一両、小判を差し出した。

「どうしたの、こんな大金……」

「さっき、金さんがさ、溝浚いをしたら、思いも寄らぬ大金が埋まってるかもしれねえぜって言うから」

庄助が言うのへ、喜六が笑いながら続けた。

「そうそう。そしたら、一両、見つかった。他にも小銭がぽろぽろと。また、汚くなったら、俺たちが綺麗に浚ってやるよ」

「あっ。あんたたち、それで頑張ったわけね」

美里は呆れ顔になったが、

──なるほど。これが、カラクリか。

と金四郎の顔を見た。どうせ、金四郎が煽った上で、見つかるようにこっそり落としておいたのだろう。だが、悪ガキどもの心をわずかな間に摑むとは、やはり只者ではないなと美里は感じ入っていた。

だが、気になることはまだある。何故に、金四郎が子供たちに近づいているか、である。美里は子供たちを悪の道に引き込むために、善人を演じているのではないか。先程の丸八一家の者たちとのやりとりも実は芝居ではないのかと、脳裏で勘ぐっていた。

子供たちと一緒になって駆け回っている金四郎の姿を見て、その思いの方がますます強まってきた。

五

その夜、子供たちは久しぶりに湯屋に行って、ゆっくり寛いで来た。一両が手に入ったので、帰りに団子や饅頭《まんじゅう》などもしこたま買って来て、美里にも食べさせようとした。

　美里は贅沢は敵とばかりに、無駄遣いしたことを叱ったが、

「先生も一緒に湯屋に行けばよかったのに」

「そうだよ。気持ちいいぜ」

「ああ、体の芯まで温まった」

などと口々に言う子供たちの顔を見ているだけで、美里は嬉しくなった。

「でもよ。先生が裸になってるところ、あんまり見たことねえよな。行水だって、俺たちに見えないようにやるからな」

　と庄助がふざけた口調で言うと、

「当たり前でしょう。これでも女だからね。年頃のあんたたちの目には毒なんだよ」

「ケッ。誰が母親みたいな先生の裸を見て盛るもんか」

「言ったわねッ」

　出来たばかりの鯛飯をかき混ぜる柄杓《ひしゃく》を振り上げると、庄助は参った参ったと冗談めいて逃げてから、

「そうだ、先生。たまには酒はどうだい」

「あんたらはまだ子供でしょうが」

「俺たちが飲むんじゃねえよ。先生もたまにはハメを外さないと」

「いいんだよ。私のことは」

「遠慮するなって。一両も入ったんだからさ」

「元は人のお金。本当なら自身番に届けなければいけないんだよ。神様からのお恵みだと思うのなら、お金は大切に使いなさい」

「まったく固いな、先生は」

庄助は勝手に買ってくるよと表に出て行った。

美里は嫌な予感がして、止めようとしたが、喜六は笑って、

「大丈夫だよ。庄助は人に隠れて酒を飲むような奴じゃねえ。てか、奴は酒は一滴も飲めやしねえんだ。下戸《げこ》なんだよ」

「あ。やっぱり、飲んだことあるんじゃない。この嘘つきめ」

美里は、ふざけて逃げる喜六を追いかけたが、やはり庄助のことが気になっていた。

わずか、一町程行ったところに、量り売りの酒屋があった。

だが、庄助が足を向けたのはそこではなく、稲荷神社の境内を抜け、芳町の一角にある『丸山の八五郎一家』の屋敷だった。表通りに面した間口四間程の玄関に、まるで商家のような暖簾《のれん》が下がっていた。印半纏と同じ海老色で、夜風に揺らめいていた。

昼間の暑さがまだ残っているためか、玄関は開けっ放しで、涼を取っているようだった。庄助が暖簾を割ったとき、三和土《たたき》に座っていた岩吉がすっと立ち上がった。

「庄助……考え直したか」

しばらく睨むように見ていた庄助は、岩吉がまあ座れと言った途端、ニタリと笑って、

「ちょろいもんだぜ」

と袖の中に隠し持っていた小判を五枚、差し出した。

「美里先生が貯め込んでいた金だ。こっちがちょいと馴染《なじ》んだような面をしてると、金の隠し場所をぽろっと喋りやがってね」

五両を受け取った岩吉は、よくやったと褒めながら庄助の肩を叩いて、

「いいか、ここに五両分の阿片《アヘン》がある。それを売り捌《さば》けば、おまえはその十倍の

金が手に入る。五十両だ。今度はその五十両を五百両に変える……どうでえ、労せずして大金がその懐に入るンだ。まっとうに働くなんざバカバカしくなろうってもんじゃねえか、エ？」

「へえ。頑張って売りたいと思いやす」

一端な口を利いて、庄助は阿片を受け取った。芥子《けし》の果実から出る乳状の液を乾燥させて作った麻薬で、元々は痛み止めや睡眠剤として利用されていたが、中毒性があるので吸引し続けると慢性化して禁断症状が出て来る。それをよいことに、わざわざ麻薬で体を悪くさせ、中毒になって欲しがる者に、さらに高値で売りつけるのである。

多用によって、下手をすれば呼吸や心臓が止まって死んでしまうことがある。売人はそれを承知で、「楽にさせてやるからな」と囁《ささや》いて、まるで人助けでもするように売るのだ。

昨日、庄助が岩吉に刃向かったのは、実はその売り上げの分け前について揉めていたからである。気の強い庄助は、どうせやるならば、危ない橋を渡るのだから、より多く稼ぎたいと思っていた。だが、傍目《はため》には、ならず者が若者をいびっていたくらいにしか見えなかった。

「おめえの据わった肝には、うちの親分もほとほと感心してるよ。いずれ、一家の者にしてやるつもりらしい。せいぜい稼ぐことだな」

「俺は別に一家に入りたくてやってるんじゃねえや。稼ぎたいだけだ」

「まあ、そう言うなよ」

もう一度ポンと肩を叩くと、「てめえは、丸八一家の宝だ。宝は大切にしろと、親分からも言われてる。それにな……大きな声じゃ言えねえが、知ってのとおり阿片は御禁制品だ。誰が売ったかバレれば、それこそ手が後ろに回る。そうならねえよう、安心して稼げる縄張りってのがあるんだ」

「縄張り……」

「ああ。行商みてえに何処でも売るわけにはいかねえ。〝客人〟を、俺たちの縄張りに呼び込むところから始めなきゃならねえ。だが、そんなことおまえにできるか？」

「できねえ」

「だろ？　それは俺たち一家がやる。つまり、おめえは丸八一家という傘の下で、安穏と稼ぐことができるんだ。分かるな」

「分かってるよ。だから、あんたに上がりから、三分もやるんじゃねえか」

「三分も？　欲をかくな庄助。お上だって、四公六民だ。俺たちの方が割安じゃねえか。そうだろう、けっけ」

と岩吉はわざとらしく笑った。笑うと目尻が下がって、愛嬌ある顔になると庄助は初めて知った。が、目はどんよりと濁っていて不気味だと感じた。

阿片を手に入れた庄助は、板きれでも包むように風呂敷で結び、夜道を家に戻った。

さっきまで灯りがついていた酒屋が閉まっていた。

——酒を買って帰らないと、まずいだろうな。何処へ行っていたと聞かれる。

と思って、庄助は酒屋の表戸を叩こうとしたとき、ぶらりと黒い影が近づいて、

「子供が酒はいけねえな」

聞き覚えのある声だと思ったら、金四郎であった。

「なんだ……あんたか」

「あんたかは随分じゃねえか。今朝、溝浚いしてたときと同じ人間にゃ見えねえな」

庄助はどきっとなって風呂敷を抱え込むようにして、

「酒は、先生に買おうと思って来ただけだ。嘘だと思ったら、うちに来て、みんなに聞いてみるがいいよ」

「そうかい。じゃ、そうさせて貰うよ」

「えっ……」

困ったように目を伏せる庄助に、金四郎はさらに近づいて、

「早く行こうぜ。そして、その風呂敷の中の物を先生や他の奴らにも見せてやろうじゃねえか」

「!……」

「どうした。何か不都合でもあるのか？」

中身が阿片だと知っていながら、金四郎はそう言っている。庄助はそう察したが、認めてしまえば、まだ売ってはないが、お上に咎《とが》められるだろうから、敢えて逆らわず、

「ああ、いいぜ。じゃ、帰ろうじゃないか」

そう言いながら、庄助は先に歩き出した。

どうせ、何処かから突っ走って逃げる気に違いない。金四郎はそう踏んでいる

から、ぴったりと背中にくっついたまま、

「酒どころか、阿片なんざ、子供が扱うもんじゃねえぞ」

と言った途端、庄助は駆け出そうとした。だが、その前にサッと立ちはだかった、もう一人の男がいた。次郎吉だ。

「おっとどっこい。ガキのくせに、そんなものを売り捌こうたあ、ふてえ野郎だ。たとえ仏様が見逃しても、俺は許さねえよ。なぜならば……俺の女が、そいつを無理矢理、吸わされて、酷え目にあった挙げ句に死んだからよ。どうでも我慢できねえんだ」

「そうか……」

庄助はハッと二人を見やって、「金さん……あんた、本当は初めっから、俺のことを探ってたんだな」

「……」

「そうだろ。この風呂敷の中身のこともよく知ってるはずだ。だから、俺をエサにして、阿片一味を暴こうって魂胆《こんたん》じゃねえのか」

「魂胆とは悪さをすることだ。使い方が間違ってるぜ、庄助。それこそ、おまえはその阿片で荒稼ぎする魂胆だろうが」

金四郎が少し険しく言うと、路地に駆け込もうとしたが、素早く次郎吉が動いて、逃げられないように手を広げた。

「この次郎吉。足だけには自信があるんだ。よう、おまえが思いっ切り逃げたところで、俺にはすぐ追いつかれるぜ」

「そのとおりだ、庄助。俺は、おまえの性根を知ってる。根っから悪い奴じゃねえ。だから、そんなものに手を出すのはやめな。美里先生を悲しませたいのか」

「うるせえ。てめえが俺の何を知ってるってんだ、ェッ」

「いいから、寄こしな」

「いやだ」

「村上の旦那に見つかったら、それこそ偉い目に遭うぞ。おまえが獄門台に上ることになる。そんなことは嫌だろ。風呂敷の中身を俺に預けて、後は任せろ」

「……ハハン、分かったぞ」

と庄助はシタリ顔になって、「あんたたち、この阿片を横取りするつもりだな。俺が仕入れたものを売り捌いて、てめえらが儲ける気だろうが」

「ばかを言うな」

「うるせえ！　じゃなかったらさっさと俺をお上に突き出すはずだ。なのに、これを欲しがるってことは、おまえらが……」

「違う。おまえをつまらねえことに関わらせたくないからだ。今なら、戻り道がある。一切、なかったことにしろ。おまえをお白洲《しらす》で証言させることもしねえ。俺が、丸八一家をぶっ潰してやる」

「ふん、大きな口を叩きやがって。少々、腕っぷしが強いからって、丸八一家をあんたが潰すなんざ無理な話だ。奉行所だってできねえだろうよ」

興奮ぎみにがなる庄助に、金四郎は宥《なだ》めるように言った。

「そんなことして何になる。もう一度言う……母親代わりの美里先生や気持ちの温ったけえ兄弟たちを泣かすんじゃねえ」

「黙れ。あんな奴らは兄弟なんかじゃねえし、あのババアも母親なんかじゃねえよッ。あんな奴ら、どうなろうと知ったことか！」

「いい加減にしろ、庄助！　てめえ、そこまで腐ってやがるのかッ」

思わず出した金四郎の掌が、庄助の頰でバシッと鳴った。

風呂敷が吹っ飛んで、庄助もぶっ倒れた。凝然と見上げていた庄助は、俄に真っ赤になった頰を撫でながら立ち上がると、ニタリと悪そうな笑みを浮かべて、

「ほれみろ。これが、おまえの本性だ」

そう言って、物凄い勢いで逃げ出した。思わず、待ちやがれと次郎吉は追った。

金四郎は地面に落ちている風呂敷包みを拾い上げると、

「ばかやろうが……」

と呟いた。庄助に平手をくらわしたことを悔いていた。あの手のガキには、これが一番やってはいけない手段だった。そのことを金四郎はよく分かっていたからである。

六

その夜も、次の夜も、庄助は美里の家に帰って来なかった。

次郎吉が尾けたところによると、丸八一家に一旦は立ち寄ったが、すぐさま岩吉に伴われて出たとのことだった。だが、神田川の佐久間河岸の知り合いらしき所に向かい、そこから一人で荷舟に乗って、何処かへ行った。

「おそらく、岩吉が庇って路銀を与えて、身を隠させたのかもしれねえな」

と次郎吉は言ったが、金四郎は釈然としなかった。

「一家の者でもねえのに、ご親切に助けたりするかな」

「だってよ、もし、お上にバレたら、丸八一家があれこれ調べられるじゃねえか。そうなりゃ、奴らもまずかろう」

「そうかな……」

「金の字、いずれにせよ気をつけてねえと、おまえの、いや俺の所にも、奴らが阿片を取り返しに来るかもしれねえぞ」

「それはねえな。元値が五両の阿片なんぞ、奴らにとっちゃ端金みたいなものだ」

「ってもよ……」

「奴らが庄助を逃がしたのは、他に何か狙いがあるからに違いねえ」

「何だい、そりゃ」

「それは俺にもまだ分からないよ。無事だといいがな」

「まさか、おい……」

「大丈夫。庄助を使う値打ちがあると踏んでるんだろう。それまでは殺さねえよ」

「いずれにせよ、村上の旦那には報せておいた方がよさそうだぜ」

「兄貴が教えなくても、とうに動いてるよ」

「え？」

と次郎吉は辺りを見回した。

「そもそも、庄助が喧嘩をしたのをよいことに、自身番に連れ込んだこと自体が、阿片探しの一環だったんだ」

「だったら、おまえはどうなんだ、金公。まさか村上の旦那の手伝いで、阿片探索をしてたんじゃあるめえ」

「まさか。俺も次郎吉兄貴と同じでさ」

「同じ？」

「ああ。ちょいと気になった水茶屋の女がいてな、そいつが体を悪くして死んだんだが、医者の話によると阿片によるものだった。疲れた体を癒すには丁度良いと、騙されて使っていたんだな、初めは……」

「そんなことが……おめえ、ほの字だったのか？」

「そうじゃねえよ。何だか様子が変だったので、調べていたら、庄助に行き当ったんだ。だが、奴は岩吉に小遣いを握らされて、ただ運び屋をしていただけで、阿片とも知らなかった……だけど、途中で気づいたから、てめえでも扱おうとしていたんだ。もちろん、岩吉が勧めたからだろうがな」

金四郎は庄助を捕らえ損ねたことを、少しばかり後悔していたが、まだ一人前の判断もできない子供を、お上に引き渡すのは忍びない。公事方御定書《くじかたおさだめがき》では十五歳より以下は、罪一等減じられた上で親戚預かりとなり、十五歳になって後、改めて処罰される。だが、庄助は既にその歳になっている。大人と同じ扱いなのだ。

――いっそのこと、何処かへ逃げて、違う暮らしをして欲しい。

と願ったが、そうはいかないだろう。

一度、悪の坂道を転がり始めたら、自分で止まることなんぞできないのだ。誰かが支えなければ無理なのだ。だが、それを阻む力は、かなり大きくなければならぬ。美里先生の愛情をもってしても、庄助を止めるのは難しいかもしれない。自分も一度は、そうなりかけたから、心底分かるのだ。

金四郎は、次郎吉に引き続き、庄助の行方を探すよう頼んだ後、美里に会うために山伏井戸のおんぼろ小屋まで出向いた。

もちろん、美里は、金四郎が庄助と接していたことなど知らない。ただただ、酒を買いに出たまま帰って来ないので心配していたのだ。自身番にも届けて、

〝探し人〟として願い出たが、

「お尋ね者として出した方が、すぐに見つかるンじゃねえのか」

と番人に皮肉を言われた。だが、堺町自身番の権蔵は、庄助のことが気がかりだったから、手の限りを尽くして、行方を探した。それこそ、悪の道に陥る危うさを感じていたからである。権蔵もまた、金四郎と同じで、道を外れた者を見捨ててはおけなかったのであろう。

「私がいけないんです、金さん……」

美里は我が子を失ったように慟哭《どうこく》するような目で、酒屋に送り出したことを悔やんでいた。嫌な予感がしたのだから、何がなんでも止めるべきだったと嘆いていた。

「美里先生のせいじゃありやせんよ」

金四郎は正直に話すべきかどうか迷ったが、美里を必要以上に悲しませ、己を責めさせるのは辛いから、阿片のことは伏せたまま、

「俺が悪いンだよ、先生……」

「どういうことです？」

「実は、あの夜、酒屋の前で、庄助に会ったんだ」

「ええ？」

「酒を買おうとするので、窘《たしな》めたんだ。あいつは先生のためだと言ったが、俺はそれを信じなくてよ……だから、あいつは怒って、ふてくされて、何処かへ……まさか帰ってないとは思ってなかったんだが」

　と金四郎は嘘をついた。だが、美里はそれを見抜いているかのように、

「――金さん。気を使ってくれなくていいよ」

「え？」

「あの子は、どうせ自分でも飲みたかったんでしょう。いや、飲んでたんじゃないのかい。金さんの前で」

「そんなことはない。本当だ……もっとも、酒なんざ、俺なんか十五の頃には、がぼがぼ飲んでたがな。すまねえ、つまらない自慢話をしちまった」

　申し訳なさそうに頭を下げてから、金四郎は改めて、美里を見つめた。

「それにしても、先生は凄いや」

「何がです？」

「俺なんざ、少しは悪童の気持ちが分かると思って、何とかしてやりてえと思ったが、なかなか胸に飛び込んで来てくれない。だけど、先生には心を開いてる。

きっと、先生の母親のような懐の温もりというか、情けの深さというか……そんなものを、子供たちは感じるんだろうな」

子供がしたいことを、ある程度は放任している。場合によっては、一緒に悪さをするというのも、悪ガキたちの中に入るためであろう。それは普通の大人には理解できないかもしれぬが、

——子供の気持ちになってみる。

のを実践しているのだなと金四郎は感じ入っていた。

「買い被りですよ……それに、子供たちは、そんな甘ちゃんじゃありませんよ」

「……？」

「子供が歪むのにはねえ、金さん、はっきりとした原因があるんですよ。元凶がね」

「元凶……」

「ええ。生まれた赤ん坊に罪人がいますか？」

「そうでやすね。どんな人間でも、善の根がある。あっしもそう信じてますよ」

金四郎は同調したつもりだが、美里はふっと寂しそうな笑みを浮かべて、

「だから、甘ちゃんじゃありませんよって言ったじゃないですか……子供の中に

は、どうしようもないのもいますよ。赤ん坊のときには分からなかった、悪の根を持って生まれた奴もいるんでしょう」

「ええ？」

「だから私は、更正させようなんて考えは、更々、ありません。私は、水を飲ませるために牛や馬を川に連れて行くだけ。後は、その牛や馬が水を飲むか飲まないか……それだけですよ」

投げやりではなく、真実はそうだと断じたような言い草だった。

おそらく、何十人もの悪ガキと呼ばれた子供たちの面倒を見てきたからこその実感なのであろう。しかし、金四郎は、どんな奴でも善の根があると確信していた。でないと、あまりにも悲しすぎるではないか、と。

「そのどうしようもないのが……庄助なんだよ」

「美里先生……」

「そうなんですよ。あの子が私を信じているふりをしているのは、何か計算があってのこと……そもそも、あの子は女嫌いでね……それは母親のせいだった」

「母親の……」

「男を招き入れて春を売ってたんだ。金のためにね」

「でも、そんな母親の姿を見せられてみなさいな。誰だって傷つくわよねえ。でも、立ち直る子は、どんなにしてでも立ち直る。けど、あの子は母親から、『金になるなら、どんなことでもしろ。それが生きることだ』と叩き込まれたらしいんだ」

「!……」

「だったら、母親のせいじゃねえか」

「いいえ……」

と首を横に振って、「善の根のある子は、そんな親にだけはなるまいと、一生懸命頑張って、まっとうな道に行く。でも、悪の根を受け継いだ子は……すべて人のせいにして、悪い親よりも悪い道を選ぶんですよ」

金四郎は阿片に手を染めようとしている庄助のことが、実に哀れに思えてきた。

「美里先生。そんなふうに言わねえで下せえ。それじゃ、あんまりだ。庄助は根っから腐ってねえ。俺はそう信じてますよ」

だが、金四郎の思いは脆《もろ》くも崩れた。美里の考えを証すかのように、庄助が殺しの下《げ》手人《しゅにん》として追われる身になったのは、その翌日のことだった。

七

岩吉の刺殺体が、深川の木場で見つかったのである。ぐさりと背中から、刃物で一突きにされていた。

検死の結果、心の臓まで届く深い傷で、明らかに殺そうと覚悟の上でやったことだと思われた。しかも、岩吉よりも弱い奴の仕業に違いなかった。油断したところを、背後から襲った節があるからだ。

殺しとなると町奉行所の動きは速い。すぐさま、下手人として庄助に目をつけるや、江戸市中の岡っ引、下っ引による網を張り、昼夜を徹して探索したのである。

ほどなく、庄助は見つかった。深川八幡近くの一膳飯屋に潜んでいたところを、本所廻りの同心が見つけたのである。その飯屋は、元は丸八一家の者だった年寄りがやっている店で、一家の若い衆などに何か事あらば、身を隠す所として使われていた。

村上によって数寄屋橋《すきやばし》門内の南町奉行所に連れて来られた庄助は、直ちに吟味与力によって取り調べられ、自白したこともあって、即日、小伝馬町送りとなった。明日には、奉行がお白洲で取り調べ、沙汰《さた》が決まれば、手順に従って処刑される。死罪の場合は判決当日の執行もあり得るのだ。

金四郎は素早い奉行所の動きには、疑念を抱いていた。

あの夜、酒を買いに立ち寄ったときに、何がなんでも捕らえておれば、殺しの下手人になることはなかった。金四郎はそのことで、自分の不手際を責めていたのである。

一件落着したと喜びながら、堺町を廻っていた村上に、金四郎は嚙みついた。

「旦那……本当に奴がやったとお思いですかい？」

「ん？」

「庄助ですよ。あいつが、丸八一家の岩吉を殺したと本気で思ってんですか」

「俺が思うもなにも、お奉行がお調べになって沙汰が出されたのだ。ま……死罪は免れまい。阿片を扱ってただけならまだしも、殺しはいかん、殺しは」

「——本気で、そう思ってんですかい？」

「む？　どういう意味だ」

惚《とぼ》けた顔の村上に、金四郎は真剣なまなざしで、

「旦那も本当は、丸八一家の阿片を探ってたんでしょ？」

「……」

「だから、庄助を張ってたんじゃないですかい？」

「金四郎……」

　と村上はぐいと肩を引き寄せて、親しげな口調で諭すように言った。

「おまえも、つくづく世間知らずだな。いいか。出回ってる阿片は、俺たちが出来る限り探し出して始末せねばならん。阿片を売る奴は悪いが、手を出す奴も悪い」

「それは違うぜ、旦那。まるで、騙された方が悪いって言い草だ」

「そうは言わぬが、俺たち町奉行所にとっては、庄助みてえなガキを一人、とっ捕まえたところで、何にもならねえのよ」

「だったら……」

「まあ、聞け」

　村上はいつになく険しい顔になって、「俺だって、端から庄助が、岩吉を殺したなんて思ってもいない。庄助如きにやられる岩吉でもないだろう。だがな、岩吉が殺されたのは事実だ」

「絶対に、庄助じゃねえ」

「だったら、誰がやったと思う？」

「丸八一家の親分だろうよ」

「どうしてだ」

「俺の調べじゃ、岩吉は丸八一家じゃ下っ端の方だ。奴は、庄助に阿片を扱わせて、いずれは一家に入れてやると口約束をしていたようだが、それは嘘だ……奴は、上から、阿片をもっと売れと命じられてた。だから、庄助のような素人のガキを使って、捌こうとしていた」

金四郎は首を振って、「いや、てめえでさばくんじゃねえ。手っ取り早く、金を持って来させて、阿片を渡し、後はてめえの器量で儲けろと突き放していたんだ。それが、岩吉のやり方だ。だから、庄助のような奴を他にも何人も抱えていた……すぐ金になる奴をな」

「そのとおりだ」

「岩吉の狙いはそれだけじゃねえ。万が一、阿片のことが、お上にバレても、てめえたちは知らぬ存ぜぬ。庄助のような奴らが、勝手に何処かから仕入れてやっていたのだろうと惚けるつもりだった」

「うむ。だが……そうはいかなくなった」

と村上は吐息混じりに遠い目になって、「金四郎……おまえが近づいたがために、庄助がお上に狙われていると、丸山の八五郎は気づいた。このままでは、岩吉との関わりもバレる。かといって、庄助を殺してしまえば、益々、お上に疑われ、岩吉が調べられるのは目に見えていた」

「……」

「だから、八五郎は、もはや一家では用なしになった岩吉を殺し……日頃から、何かと関わりのあった庄助を、下手人に仕立て上げたってわけだ」

「そこまで分かってて、どうして丸八一家を調べねえんだ？」

「そんなことは、当たり前じゃないか」

金四郎は訝《いぶか》しげに目を細めた。村上の同心としての小汚さを見た気がした。

「俺たち町方の目的は、阿片の撲滅にある。根こそぎ、なくすことだ。そのためには、一家全体を潰さねばならぬ。だから、庄助には犠牲になって貰った」

「……！」

「これで一件落着したと思った八五郎は、庄助が処刑さえされれば、必ず油断する。一月《ひとつき》もしねえうちに、またぞろ阿片を捌くために動き出す。今度はその首根っ子を押さえてやるんだよ」

なんという事を言うのだと、金四郎は自分の耳を疑った。何の関わりもない庄助を、殺しの下手人に仕立て上げて罠を張ろうとするのか。そんな理不尽な、非人情なことが許されるわけがない。

「おまえがどう言おうと、これが町奉行の……命令だ」

「庄助はどうなるんだ。やってもねえ罪のために処刑されていいのかッ」

「あいつは、遅かれ早かれ、何かしでかす。その前に葬っておいた方が、世間のためというもんだ」

「てめえッ……！」

ガツンと金四郎は思わず村上を殴り飛ばしていた。考えるよりも先だった。

「それでも同心か。十手を預かる者のすることか！　あんまりじゃねえか。美里先生だって、一生懸命、奴らを立ち直らせようとしてるんじゃねえか。善の根を大きく張らせようとしてるんじゃねえか。それを、てめえはゴッソリ抜き払おうってのか！」

金四郎はさらに興奮して、村上を押し倒して馬乗りになって、殴り続けた。ゴツゴツと鈍い音が続いた。

「や、やめろ……ひぃ」

村上は悲鳴に似た声を洩らしたが、金四郎のあまりの迫力に、側にいた岡っ引たちは驚いて、他の同心を呼びに駆け去るのが精一杯だった。

「知ってることをすべて話して、庄助を小伝馬町の牢屋敷から出しやがれ。美里先生だけじゃねえ。あの子供たちはみんな……心の奥から心配してんだよ」

「ふん。美里、美里と……てめえは、あの女がどんな女か知らぬから、そんなことを言うのだ。あいつだって……あいつだって、丸山の八五郎と同じ穴のムジナなんだよ」

「なんだと」

「美里こそ、性悪な男たちの仲間になって、人に言えぬ悪さをしてきた」

「嘘だ……」

「おまえが信じようが信じまいが、俺たち町方は、またぞろ何かしでかすんじゃねえかと、ずっと目をつけていたのだ」

金四郎は訳が分からぬと首を振った。

「あの女が、伊達《だて》や酔狂で、悪い子供ばかり集めてると思ってるのか」

「だから……なぜだ」

と金四郎は村上を引き起こすと、腫れ上がった村上の目元を睨みつけて、「どういうことだ、てめえ。あの先生の悪口なんざ、俺が許さねえぞ」

「だから、てめえは青臭いってんだ」

「……」

「いいか。美里はたしかに医者について医術は学んだようだが、大した腕ではない。それは世間を欺《あざむ》く姿。ああ……美里は、ワルたちを集めて、阿片の運び人をさせていたのだ」

「まさか……」

「岩吉と、美里は、裏で繋がってたんだよ。美里は、丸八一家から暮らしていく分の金を受け取っていたんだ。だからこそ、ガキどもの面倒も見ていられた。つまりは、美里は、丸八一家のおこぼれで生きてたんだ、悪ガキを手懐《てなず》けてな」

「信じられねえ……」

「本当なんだな、これが。だが……庄助は運び人に飽きたらず、岩吉と直に取り引きをして、阿片を扱おうとした……それが間違いのもとだったというわけだ」

金四郎はしばらく呆然と佇《たたず》んでいたが、じっとしてられないと、すぐさま小伝馬町の牢屋敷に向かった。火事にしてでも、庄助を助け出して、逃がすつもりである。

——そんなことができるものか。

という村上の声が、脳裏に響いた。だが、金四郎は走らずにはいられなかった。庄助を見捨てることは決してできなかった。

八

小伝馬町牢屋敷の表門を入ると、右手に同心詰所や表役人、内役人の長屋があり、その奥に牢屋奉行・石出《いしで》帯刀《たてわき》の住まいがあった。

牢屋敷は隣接している町屋敷との間に掘割が張られ、四方を取り囲まれている。表門や裏門以外に番小屋もあり、その物々しい雰囲気が重く、近寄りがたかった。

石出帯刀が、町方から来ている牢廻り同心と、拷問蔵での囚人の扱いにつき議論をしていると、表が騒がしくなった。石出帯刀はゆっくり立ち上がると、

「何事だ。牢部屋で何かあったか」

牢屋敷には、揚屋、百姓牢、東西の大牢、二間牢などがあって、収監される者

の身分によって区別されている。殊に、大牢は雑然と色々な人間が寄り集まっていたから、揉め事が多い。石出はまたぞろ飯のことで喧嘩でもしたかと思ったが、駆けつけて来た内役人が、

「お奉行。妙な輩が、お奉行に会わせろと、表門から強引に入って来ましたので、捕らえようとしましたが、振り切ってこちらの方へ逃げて来ました」

「妙な輩？」

「はい。まだ若い遊び人でして、門番が応じられないと断ると、『いいから、石出帯刀を呼べ。でねえと、首をヘシ折るぞ』などと凄みまして……丸八一家がどうのこうのと言ってましたから、その筋の者かと」

「儂《わし》に会いたいと申したか」

「は、はい……」

「構わぬ。すぐさま探し出して連れて来い」

豪毅《ごうき》に答えた石出の態度に、牢廻り同心はいささか驚いて、不逞《ふてい》の輩ならば捕らえると申し出た。が、

「その手の者は牢屋敷内におる者に比べれば取るに足らぬ。じっくりと説教し、聞かねば痛い目に遭わせるまで」

と石出は答えた。石出家は代々、牢屋奉行を任されている家系で、帯刀を名乗った。不浄中の不浄役人ゆえ、登城することも許されなかったが、様々な事件につき評定所には列席し、意見を求められることはあった。犯罪については深く知悉《ちしつ》し、対処する胆力もあったから、動揺することなどなかった。むしろ、自ら向かっていく強さがある。

しばらくして奉行役宅内の中庭に、金四郎が内役人に連れられて来た。背の高い松の植え込みが広がっており、役宅内の様子がよく見えないようになっている。

中庭に控えた金四郎は、縁側に出て来る石出の姿を見上げるなり、

「お奉行に申し上げます。丸八一家の岩吉殺しの一件で、下手人として捕らえられた庄助なる十五の子供。奴は無実です。どうか、お解き放ち下さい」

と懸命に訴えた。土下座をして、何度も、どうかお願いしますと悲痛に叫んだ。

石出は泰然と聞いていたが、ちらりと上げた金四郎の顔を見るなり、アッという表情になったものの、

「名も聞いておらぬが？」

「へえ。あっしは、堺町中村座に世話になってる金四郎という者でございます」

「遊び人か」

「そんなものですが、吉村金四郎という名で囃子方《はやしかた》として笛を吹いておりやす」

「さようか……」

石出は内役人に人払いを命じた。牢廻り同心にも遠慮するように申しつけ、金四郎と二人きりになった石出は、しばし険しい目で睨みつけていたが、プッと吹き出して、

「これはこれは、金四郎殿。これは何の酔狂でござるかな」

「ご覧のとおりでございます」

「お父上から、家を飛び出して帰って来ぬので困っておると聞いたことはあるが、さようですか、堺町の中村座とは……なるほど、萩野八重桜や自身番家主の権蔵は、あなたに目をつけたってことですな」

「？……はい、世話になっております。八重桜さんたちをご存じなので？」

「知ってるも知らぬもない。奴らは江戸の掃除になくてはならぬ者たちだ」

「……」

「そこで起居するとは、さすが金四郎殿にも見る目があったということですか

な」

どうやら、石出帯刀は、裏社会に詳しい八重桜や権蔵とは旧知の仲らしい。犯罪者を扱う役人の頂点が石出だから、それは当然かもしれぬと金四郎は思った。

「だったら話が早いや、石出様」

と少し安堵したように気さくに声をかけた。金四郎の父親と石出は旗本と御家人の身分違いはあるが、共に犯罪を憎み、同じ新陰流《しんかげりゅう》の道場で腕を磨いた親友であった。ゆえに、金四郎は子供の頃から馴染《なじ》みが深く、父親よりもむしろ、豪毅で物事に拘《こだわ》らぬ鷹揚《おうよう》な風格漂う石出の方が好きだった。

父親が概ね理念や道徳心などという抽象的な話が多いのに比べて、石出の話には様々な階層の、しかも生身の犯罪人と向き合った体験が基になっているから、現実味も説得力もあった。だから、金四郎は石出に惹かれていたのである。金四郎に、

――罪を憎む心。されど、人を憎まぬ心。

を教えてくれたのは、石出であった。

金四郎は、庄助のことに関して、素性やおいたち、そして阿片絡みの罪を犯そうとしたことや周りの状況など、自分の知る限りのことを話して、岩吉殺しにつ

いても冤罪《えんざい》だということを訴えた。

「ですから、石出様……どうか、奴を助けて下さい」

「そうは言ってもな、金四郎殿。ここは獄屋であって、町奉行所ではない。もちろん、寺社奉行や勘定奉行管轄の囚人も収容するが、私は町奉行支配下の一役人に過ぎぬ。裁決された者を扱うのが務めであって、冤罪を晴らすことなどできぬ」

「承知してます。だが、罪なき者を処刑するなんてことは、石出様にはできないでしょう？　だが、明日には町奉行が処刑の裁断を下すに違いありません。だから……」

「……」

「だから、石出様にしばらく……ええ、俺が本当の下手人を引っ張って来るまで、しばらくで結構ですから、処刑を待って貰いたいんです。お奉行から、即日、処刑の命令が出たとしても！」

「それは難しいな、幾ら金四郎殿の頼みでも」

「石出様……」

「あなたが父上に反発したい気持ちはよく分かります」

遠山家の継嗣《けいし》にまつわる、少し複雑な事情も石出は知っていた。

「だからといって、旗本の息子が、遊び人の真似事はいただけませぬな」

「何をおっしゃる」

と金四郎はずいと前に膝を進めた。

「いずれ上に立つ者、庶民の暮らしぶりや心情に通じて、人の気持ちが分からねばならぬ。そのためには多少の放蕩無頼の生き方をせねば、人というもの、世の中というものが分からぬと教えてくれたのは、あなたではないですか」

「ま、そうだが……」

「俺は、まだわずか二、三年ですが、多くの人々と接して、色々な暮らしをしてきた。屋敷にこもって勉学をしたり、道場で剣術を鍛錬することよりも、随分と学んだことが多い……学問も剣術も己を磨くためだけではない。他人様の役に立って、初めて学問であり、剣術ではありませぬか」

「……」

「そう教えてくれたのも、石出様ですよ」

金四郎はもう一度、土下座をして、

「お願いでございます。三日……いや、一日でもいい。処刑を延ばして下さい。

その間に、俺は必ず、本当の下手人を探し出します。粗方《あらかた》、見当はついております」

石出は頭を深々と下げる金四郎を、じっと見下ろしていた。そして、おもむろに、

「あなたは、人のために……しかも、さして深くもない仲の子供のために、そうやって頭を下げるのですか」

「知ってる奴とか知らぬ奴とか、そんなことはどうだっていい。奴はやってないんだ。幾ら、悪童だからって、間違った裁きで殺されるなんてことだけはあってはなりません」

上げた金四郎の顔は涙でぐしゃぐしゃになっていた。まるで自分のことのように、庄助のことを……いや他人のことを考えて行動する金四郎のことを、石出は、

——なるほど。さすがは気骨が売り物の遠山家の子息だ。

と感じ入った。そのことは言葉にはしなかったが、他人のことなど素知らぬ顔で通り過ぎる世相の中で、我が事として情けをかける金四郎の心根に、石出はほだされた。そして、いきなり、わっはっはと大声で笑い出した。

「……なんだ？」

不思議そうな顔をしている金四郎に、

「似たもの夫婦になるやもしれませぬな、ははは」

と言うなり、隣室に声をかけると、千登勢がきらきら輝く瞳で出て来た。

「おい、おまえ……」

金四郎が戸惑っていると、石出が笑顔で説明をした。

「千登勢さんもな、庄助が人殺しなんぞをするわけがないと、稲葉主計頭様を通して町奉行に直に訴え、私の所にまで、おまえと同じことを願い出て来たのだ」

「え……？」

千登勢はちょこんと金四郎の横に座って、

「ありがとうございます、石出様。やはり金四郎様も同じ気持ちでした。いずれ私たちの婚儀の折には、仲人をお願いしとう存じます」

「ばか。何を勝手なことを……」

金四郎がたじたじになるのを、石出は実に愉快そうに笑って見ながら、

「これはありがたいことだが、旗本同士の婚儀に、私のような御家人が媒酌人にはなれますまい。されど、祝言の宴には呼んで貰いたいものですな」

と言ってから、真顔に戻ると、

「相分かった、金四郎殿……もし、沙汰が来ても、先が詰まっているからと、三、四日は伸ばせよう。その間に本当の咎人を捕らえればよし、それが出来なければ、私の力ではどうしようもない。それもまた世の非情だが……そうならぬよう篤《とく》と心得られよ」

九

石出が町奉行に働きかけたのか、それとも千登勢の父親が配慮したのか、はたまた金四郎の父が手を回したのか分からぬが、下手人が捕らえられる前に、

――岩吉殺しの一件では証拠不十分。

ということで、庄助は牢屋敷から解き放たれた。

だが、肝心の庄助は、一向に反省の色を見せなかった。それどころか、自分を罠に陥れた奴を怨んで、いずれ仕返しをしてやると息巻いていた。

行き場のない庄助は、美里のもとに帰るしかなかったが、以前に増して、荒れていた。仲間の喜六たちにも八つ当たりをするようになり、このままでは本当に

極道の道に入るのではないかと、美里は危ぶんでいた。

酒を買って来ては、浴びるように飲む姿を見て、美里は思わず頬を叩いて、

「甘えるのも大概におしよ、庄助。おまえのために、どれだけの人が力を貸してくれたと思ってんだい」

「俺のため？」

「ああ。あんたのために、金四郎さんや千登勢さん、堺町の自身番の家主さん、それに南町の村上さんだって、あんたは下手人じゃないって、それこそ駆け回ってくれたんだよ。だから、お奉行様だって、調べ直せと考えを変えてくれたんじゃないか。それも分からないのかい」

「当たり前じゃねえか」

と庄助は憎々しげに、目を鋭く細めて、美里を睨みつけた。

「俺は何もしてねえんだ。解き放たれて当たり前。お奉行が調べ直すのも当たり前だ」

「庄助……」

「俺が悪いんじゃねえ。悪いのは間違って、俺を捕まえた、お上じゃねえか。俺を罠にかけた、丸八一家じゃねえか！」

「けど、金四郎さんたちが奔走してくれなきゃ……」

「うるせえ！　あいつだって、俺が死罪になりゃ寝覚めが悪いンだろうよ。あいつが余計なことをしたせいで、俺が咎人にされちまったようなものだからな」

「なんてことを……私はね、庄助。あんたのような子に立ち直って貰いたくて……」

「綺麗事を言うんじゃねえよ！」

庄助は腹の底から怒鳴った。体が大きいから、傍から見れば怖いくらいだった。だが、美里は何とも思わなかった。飼い犬が吠えたくらいにしか感じなかった。

「俺は知ってるよ……あんただって、ロクデナシな稼業をしてたってな」

「え……」

「死んだ岩吉が言ってたよ。あんたの亭主は、それこそ極道者で、若い頃は、丸八の親分と五分の兄弟だったらしいじゃねえか」

「……」

「けど、あんたの亭主は一宿一飯の渡世の義理とかで喧嘩に巻き込まれて死んだ。丸八の親分が残って、大親分になった……、あんたも情けを受けて、俺たちに阿片の運び屋なんかを、こっそりやらせてたんだろう？　何が立ち直ってくれだよ、綺麗事を言うんじゃねえよ」

「それは、あんたたちを路頭に……」

「迷わさないためってか？　ふざけるな。だったら、医者として働いて、まっとうな金でガキたちを育てろっつうんだ」

庄助が荒々しく怒鳴ったとき、喜六がすっと前に出て、

「それは違うぜ、庄助。運び屋なんて……岩吉の話を信じる方がどうかしてるぜ」

「なんだと」

「先生はな、あの阿片は、痛み止めとして使い、眠れない人に分けていただけなんだ。薬種問屋から薬を買うのは、それこそ金がかかるからな」

「……知るか。理由はどうであれ、やってることは、極道と一緒だ」

「先生だって、辛いんだ。おまえ……それも分からねえのか？」

喜六が摑みかかろうとしたが、また大喧嘩になってしまう。美里は必死に止めようとしたが、十五の子供とはいえ大人のような体つきだから、女が敵うわけがなかった。

そこに、入って来た金四郎は二人を分けて、庄助を押しやった。

「そんなに美里先生が憎いか。喜六たちが嫌いか」

「ああ。虫酸《むしず》が走る」

「嘘つけ。だったら、なぜ、ここにいる……おまえはなぜ、美里さんの金を取ってまで、阿片を自分で捌こうとした！」

庄助は何か言い返そうとしたが、喉の奥に飲み込んだ。

「言えないのか。だったら、俺が言ってやろう……大金を稼いで、先生を楽にさせようとしたかったんだろう？　みんなの喜ぶ顔が見たかったんだろう」

「ち、違うよ……」

「だがな。阿片を売って稼いだ金で、みんなが喜ぶと思うか？　大金なんぞなくたっていい。みんながまっとうに働いて、それに見合った暮らしをすれば、それでいいじゃねえか」

「うるせえ。まっとうに働く所もねえから俺は……俺は……」

庄助は金四郎に本音を突かれて、照れくさかったのかバツが悪かったのか、顔を伏せたまま飛び出して行った。

途端、うわあッと悲鳴が上がった。

金四郎が表に飛び出すと、そこには腕を切られた庄助が腰砕けでうずくまっており、ずらりと丸八一家の者が数人、立ちはだかっていた。

「なんだ、てめえら！」

と金四郎は袖をめくりあげて、相手はこっちだ、いつでもかかって来いと怒鳴った。丸八一家の者たちは、みな長脇差を握っている。相手が素人だろうが、何だろうが容赦しないという面構えだ。

「岩吉の落とし前、つけさせて貰うぜ」

「し、知らねえ……俺じゃねえ……」

と庄助は恐ろしさのあまり、溝板に足を取られて尻餅をついてしまった。金四郎が庇って立つのへ、熊蔵が切っ先を向けて、

「死にたくなきゃ、どけい、三下。お上が岩吉殺しの下手人を解き放ってんなら、自分たちの手で始末するまでよ」

「違うだろう、おい。おまえたちは、阿片の口封じで庄助を消したいだけだ。岩吉からは大概のことを聞いてるからな」

金四郎は熊蔵の長脇差に怯える様子はなく、むしろ近づきながら、「上手《うま》い具合に、こいつが処刑されればよいと思ってたんだろうが、そうは問屋が卸さねえ

んだよ。けっ。そっちから、おでましなら話が早え。隠すより現るだ。手間が省けたぜ！」

「うるせえ、たたんじまえ！」

熊蔵の声に、丸八一家の者たちは金四郎に斬りかかってきた。敏捷な動きで、相手の機先を制してから、素手で闘っていた金四郎だが、本気を出すと思いがけず強い極道者たちに、真剣に立ち向かった。

相手の一人をぶっ倒して長脇差を奪い取ると、金四郎は熊蔵の腕の一本くらいは斬り落としてやるつもりだった。懸命に逃げる熊蔵を、金四郎がムキになって追った隙に、一家の若い衆が庄助に刃を向けて、躍りかかった。

――しまった！

間合いが遠すぎて、助けに行けない。

その時、美里が飛び出して、這いずって逃げようとしている庄助を抱きかかえるようにして庇った。若い衆はその背中に、容赦なく一太刀浴びせた。

次の瞬間、パッと鮮血が飛び散った。

「美里先生！」

思わず駆け戻った金四郎は猛然と、若い衆に斬りかかり、スパッと手首を斬り落とした。そして、振り返り様、他の二人の若い衆の膝や小手を打った。若い衆の中には弾みで目を抉《えぐ》られる者もいた。

あまりにも物凄い勢いの金四郎に、熊蔵は這々《ほうほう》の体《てい》で逃げようとしたが、

「てめえだけは許せねえんだよ！」

とスパッと両足の靭帯《じんたい》を切った。悲鳴を上げて、操り人形のように倒れた熊蔵を尻目に、美里に駆け寄ると、背中に受けた傷は意外に深く、既に意識は朦朧《もうろう》としていた。

着物が裂けて露わになった美里の背中には……般若《はんにゃ》の彫り物があって、真っ赤な血で濡れていた。その彫り物を見て、庄助は啞然となった。見たのは初めてだからである。湯屋に行かない理由もようやく分かった。

「し……庄助……こんな極道者だったあたしでも……なんとか、立ち直ることができたんだ……地獄から這い上がることができたんだ……あんたたちのお陰でね……だから、あんただって出来る……ああ、必ず出来る……だから……自棄《やけ》はいけない……庄助、人として、生きるンだよッ」

そして、最期の力を振り絞って金四郎を見やり、「……善の根だ……悪の根なんざ……ない。金さんの言うとおりだ……」

と喘《あえ》ぐように言って、がくりと崩れた。

目の前の惨劇を見ていた喜六たち、子供たちはわあっと悲鳴を上げながら駆け寄って、美里を抱き締めた。

庄助はただただ呆然と座り込んで、見ているだけだった。

だが、やがて堪えきれなくなったように、嗚咽《おえつ》を洩らし始めた。


「後悔、先に立たず……だね」

彫長こと、お蝶は片肌を脱いで、金四郎の背中を撫でるように、小さな桜の花びらを入れていた。

たった一枚の花びらだが、その細工は繊細で複雑だから、まるで背中一面に施すほどの神経を使った。

更正しようとした少年の足を掬《すく》い、それを手助けしていた女医者を無惨に殺した悪党を、町奉行所は見逃すわけにはいかなかった。すぐに町方の手が、丸八一家に伸びて、岩吉殺し、そして美里殺しから阿片の一切合切が白日のもとに晒《さら》された。親分は処刑され、一家は解散となった。

「で……子供たちは、どうなったんだい？」

「あいつらは強いよ」

「強い？」

「うむ。俺の方が見習わなきゃならねえ」

「頑張ってるんだね」

「毎日、溝浚いや町屋の修繕の手伝いをしてる。もちろん、町入用から小遣いを貰いながらな。そんでもって、子供の中には寺子屋に通い始めた者もいる。やっぱり、読み書き算盤《そろばん》、それが生きる知恵になるから大切だからってよ」

「ぜんぶ、金さんが面倒見たって噂だよ」

「ああ。いずれ俺の子分にしてやるつもりだ」

「あらら、では、あなたは大親分になるつもりかい？」

「だから、今からこうして背中にだな……」

「はてさて、背中一杯に花吹雪《はなふぶき》が舞うのはいつになることやら」

大川の風に乗って、どこからともなくガキどもの声が聞こえてくる。ふざけあっているが、実に楽しそうな生き生きとした声だ。

「どおれ。俺もちょいと仲間に入れて貰おうかな」

金四郎はゆっくり起きあがった。すぐ目の前にお蝶がいる。汗だくになっている白い肌を見て喉を鳴らし、あっと照れくさそうに身を引いた。

「なにさ。嫌らしいこと考えたね」

「考えてねえ、考えてねえ」

手拭いを肩にかけると、金四郎は、まだ夏盛りの町へ駆け出した。

遠くでは今宵の花火を報せる〝空砲〟が鳴り響いていた。

第四話　仇《あた》の風

一

草市は仏のすかぬ場所でたち――。

吉原仲の町は江戸で一番の名所だった。遊女や禿《かむろ》が行き交う通りで、夏の香りを感じながら、涼みがてら歩くのが江戸っ子の楽しみだった。

草市とは、盂蘭盆会《うらぼんえ》で使う菰《むしろ》や灯芯、草花などが売られている所で、深川、小石川伝通院《でんずういん》前、根津、日本橋、両国橋、上野広小路、浅草雷門など、一日だけ、二十ヵ所余りに設けられた。

芝居小屋が連なる堺町でも、ぞろぞろと草市に人が出ているが、仏のものを買う人たちよりも、冷やかしが多かった。とはいえ、芝居見物のついでに、ご先祖を迎える用具を整えるのは風流であった。

四万六千日が終わったばかりである。これは、浅草観音、駒込光源寺大観音、芝の魚藍観音などを、七月の九日か十日の一日に参拝すれば、四万六千日分の参詣と同じくらいご利益があるという。だから、どっと人が繰り出すのだが、今日の芝居街はそれと同じくらいの賑わいだった。

大通りの一角で、金四郎と次郎吉は、〝テキ屋〟のように線香や灯芯を売っていた。

「さあさあ、寄ってらっしゃい見てらっしゃい。この芯ならいつまでも長く持つよ。それだけ、お盆に帰って来てくれる、ご先祖様も喜んでくれるというもんだ。さ、火をつけてごらんなさいな。あらあら、この線香なんざ、ありがたや。燃やした後がお経の文字になるってんだから驚きだ。芯を燃やして、当たりが出れば、中村座の芝居が只で見られるんだから、これまた嬉しいじゃねえか。さ、ご利益があるのは、うちの線香に灯芯だ。買ったり、買ったり」

と名調子で次郎吉は叩き売ろうとしているが、夕涼みがてらに小屋や茶屋を見物しながら歩いているのがほとんどだから、儲けにはならない。だが、この人の出を見ているだけでも、なぜか金四郎は嬉しくなった。

「やっぱり江戸はこうでなきゃな、次郎吉兄貴。祭りに火事、喧嘩もいいが、今日みてえな何事もなく平穏無事が一番。幸せが団子になって押し寄せて来てるって感じだぜ」

「そんな御託はどうでもいいから売れよ。元手がかかってんだからよ、ほらほら」

と次郎吉が兄貴風を吹かせて金四郎の尻を叩いたとき、ぶらりと初老の痩せぎすの男が立った。着流しだが、帯がゆるめで、なんとなく情けない。

「蠟燭《ろうそく》を百本くれ」

「ひゃ、百本！　ありがとうございやす！　うちの蠟燭は明るいからね。目にも優しくいいですぜ」

調子よく言った次郎吉は、嬉しそうに箱に詰め始めた。金四郎も手伝いながら、

「しかし、旦那。こんなに沢山、蠟燭を買い込んで、まさか蠟燭で女体を苛める嗜好《しこう》がおありじゃないでしょうね」

と言うと、次郎吉が、ばかやろうと金四郎を小突いた。

「おめえ、芝居街に寝起きしてて、この先生も知らねえのか」

「へ？」

「へ、じゃねえ。このお方はな、尾泥木桃次郎《おどろきももじろう》という狂言作者の先生だ」

歌舞伎の台本を書く作者のことである。

「あ。そうなんですか。こりゃ、お見それいたしやした。虹も盗んで見せるという女盗賊の話、『女白波虹之架橋《おんなしらなみにじのかけはし》』……あれは面白かったなあ。また、ああいうお芝居をお願いしやすよ」

桃次郎は人嫌いなのか、愛想笑いのひとつもせずに、

「早くしておくれ」

と呟くように言うのへ、金四郎は屈託のない声で、

「へえ。なんなら、お屋敷の方へお届けに参りましょうか」

「そんなことはいい」

次郎吉はすばやく包み終えると、「上方では銀百匁《もんめ》につき三貫の上物でさ。先生、今日は、縁起のいい日だ。只で差し上げますから、いい狂言を書いてください」

「そうはいかん」

「遠慮なさらずに、ささ」

と気前よく、次郎吉は蠟燭百本の入った箱を持たせるのであった。

「その代わり、うちの線香や蠟燭のこと、科白《せりふ》に入れといて下さいよ、はは」

　金四郎は、そんな大盤振る舞いしてよいのかと目顔で窘《たしな》めたが、次郎吉は機嫌よく押しやって、

「さあ、先生。遠慮なさらずに」

「……すまぬな」

　と申し訳なさそうに頭を下げて、立ち去ろうとすると、女彫物師の彫長こと、お蝶が人波に押されるようにやって来た。少し襟を崩した着こなしが、艶っぽく粋だった。ちょこっと桃次郎と肩が触れあったので、

「あい済みません」

　と、お蝶が声をかけたが、素知らぬ顔で立ち去った。お蝶は気にする様子もなく、

「相変わらずの仏頂面だねえ……」

「お蝶さんも、知ってるのかい、あの先生を」

　金四郎は不思議そうな顔で尋ねた。

「知ってるも何も、通りを挟んで、隣の長屋の住人だからね。でも、あんまり外には出ないし、人とも話さないから、どういう人かよく分からないけれど」

「どういう人か分からないってのは、お蝶さんも同じですぜ」

「あら。何度も肌を合わせといて、そりゃないでしょ」

妖しげな笑みを、お蝶が湛《たた》えると、次郎吉が二人の間に割り込むように、

「ほんとですかい、彫長さん。金四郎、おめえ、このやろう、このお方に手を出すなんざ、十年早いンだよ。まったく、隅に置けやしねえ！」

「手を出してるのは、お蝶さんの方だ」

「で、でたらめを言うな」

「本当だよ。なあ、お蝶さん」

「ま、そういうことだねえ」

次郎吉は悔しそうに袖を嚙むと、キイッと訳の分からぬ声を張り上げて、蠟燭なんぞ売ってられるかと、出店を拋棄《ほうき》するように何処《どこ》かへ走り去った。

「おい、次郎吉兄貴イ！　ふむ。どうやら、次郎吉兄貴は、お蝶さんに、ほの字とみえる。あれで結構、恥ずかしがり屋なんだ」

「おかしな人」

お蝶は涼みに来たつもりだが、次郎吉の代わりに、金四郎の横に立って、線香や蠟燭を売り始めた。二人で並んでいると、夫婦のように見える。

特に張りきったわけでもないのに、それから飛ぶように線香や蠟燭が売れた。夜の帳《とばり》が降りてくる間に、出店屋台に並べてあったものはほとんど全てはけてしまった。

「これじゃ、次郎吉さんは形無しね。金四郎さんの手柄になってしまう」

「儲けは山分け。それが掟でさ」

「優しいんだねえ」

「それに、この芝居街で、ものが売れ始めるのは、店仕舞いが近くなってからって相場が決まってる。ぶらぶら歩いている時には荷物にしたかないからな」

「あ、なるほど」

「お蝶さん。ご覧のとおり、懐が温かいから、どうでえ、そこらでちょいと一杯」

「そうしたいとこだけど、客人が来るのでね。失礼するよ」

「客人……」

金四郎は少し気になる素振りを見せた。男と逢い引きでもするのかと思ったのだが、それ以上は何も問わず、

「そりゃ残念だ。なんだか、手伝わせただけみたいだったな」

「気にしないで下さいな」

とお蝶は微笑《ほほえ》み返すと、まだ賑わっている通りの人混みの中に消えていった。

その背中がどこか寂しげだったのは、金四郎の思い過ごしであろうか。胸騒ぎに似た感覚が張りついて離れなかった。

二

胸騒ぎが現実になったのは、その翌朝早くのことであった。

お蝶の客人とやらが、殺されたのだ。

見つけたのは、お蝶自身である。すぐさま、堺町の自身番に報せ、権蔵と番人たちが駆けつけて来ると、丁度、南町奉行所の同心・村上浩次郎が宿直《とのい》だった。だから、直ちに岡っ引の万蔵を引き連れて、お蝶の住む『さくら長屋』まで検分に来ることができたのである。

一年がかりで背中に龍の刺青《いれずみ》を彫っていた男が殺されたのだ。熱を帯びて、酷い痛みを感じているので、うつ伏せに寝せたまま、体を冷やさせていたところを、何者かに庖丁で突き刺されたと見える。

「その時、おまえは何処にいたのだ」

村上は、お蝶に問いかけた。

「はい。私もほとんど休まずに一晩中、手を入れてたものですから、隣の部屋で横になって休んでました」

「隣の部屋でねえ……」

「少しうたた寝をしていたと思います。まったく気づきませんでした」

土間を上がれば、二畳ばかりの板間があって、その奥に六畳が二間続いてある。すっきり片付けてあるので、大きめの長屋が余計大きく見える。手前で彫師としての作業をし、奥で寝起きしているようだった。

村上はゆっくりと部屋の中を見回しながら、疑わしい目になって、

「おまえは、刺青を入れる客を泊めたりもするのか」

「ですから、傷を冷ますためです」

「傷？」

「彫り物は肌に刃物を入れるんですからね、怪我をさせているようなものです。ですから、その塩梅を見ながらでないと……この人の龍は、さっき彫り終えたところなんですよ。なのに殺されるなんて……」

どうしたらよいのか分からない顔になって、お蝶はひざまずいた。

「殺された男の身許は、当然、知ってるだろうな。この手の仕事には、名乗らない奴でも金さえ積めば、施してやるって聞いたことがあるが」

「私は遊び半分で彫る人は相手にしませんからね。きちんと名前や住まいを知っている人しか、客人にしません」

「客人……妙な言い方だな」

「お客様というのも変でしょ？　やはり渡世人が多いですからね、お互い義理を重んじ、情けを貸し借りしているということで、父はそう呼んでました」

「父……彫長はたしかに立派な彫り師だったが、女のおまえが、その名を継いでいるのは、なぜだい。おまえの名から〝彫蝶〟でもよいではないか」

「彫長を超えて、何か自分のものが出来れば、そう名乗ってもよいかもしれませんが、私はまだまだ修行の身ですから」

「修行の身なら、よけい〝名人〟の名を継げないのではないのか……ま、そんな話はどうでもいいや。おまえたちの渡世とやらも、裏稼業みたいなものだ。何か曰《いわ》くがあるんだろうからな」

と村上は、うつ伏せに倒れたままの男の側にしゃがみ込んで、生々しく突き立

ったままの庖丁をすうっと抜き取ってから、

「折角の龍が台無しだな……こいつは何処の誰兵衛だい」

「はい……」

お蝶はなぜか言い淀んだが、「浅草を根城にしている『龍造《たつぞう》』というごろつきです」と続けた。

「おまえとは深い仲なのかい」

「ですから、ただの客人だと言ったじゃありませんか」

少し苛立ったように言うお蝶を、村上は鼻で返事をしてから、万蔵に裏を取って、その周辺を探って来いと命じた。万蔵が歯切れのよい返事をして、下っ引を三人程連れて『さくら長屋』から飛び出して行った頃、ようやく夏の暑い陽がカッと東の空の雲を蹴散らすように昇った。

「では、お蝶。おまえは誰が、何故、この男を殺したかについちゃ、心当たりはないと言うのだな？」

「ありません」

「知っていることがあるなら、今のうちから正直に答えていた方がよいぞ」

「ここに来る人は、余計なことはあまり口にしませんからね。こっちも黙ってられた方が仕事をし易いし、第一……どういう人間かなんてことは、知りたいとも思いません。もっとも、背中がどんな人生を歩いて来たかを語ってますがね」

「ほう。そんなものか」

「医者が顔色を見て、病を当てるようなものです」

村上がさらに押し入れや天井裏から床下など、お蝶が下手人《げしゅにん》かのように綿密に調べて回ったが、特に怪しい点はなかった。凶器に使われた庖丁も、お蝶のものではない。買ったばかりの新品のようだった。銘切りがされてあるので、調べれば誰が買ったのか、すぐに分かるかもしれぬ。

いつもなら、朝の炊《かし》ぎの煙が立ち上っている頃であろうが、殺しのために長屋は騒然としていた。

そんな騒ぎに気づいた金四郎も、野次馬に混じって覗いていたが、お蝶が巻き込まれた事件だと知って、思わず部屋まで駆けつけてきた。

「こら、金の字。ペタペタ歩くんじゃない。下手人の草履《ぞうり》の跡が消えるではないか」

と村上が叱りつけると、金四郎は腰を屈めて謝った。

「へえ。これは気づきませんで」

今朝は晴れているが、昨日の夜中は、少しばかり雨が降って地面を湿らせた。だから、長屋に忍び込んだ奴の履物の痕跡がついているはずだと調べていたのである。ましてや、お蝶の部屋には、他の商売人と違って、人の出入りが少ないから、履物の跡の特徴を記して残しておけば、大きな証《あかし》となるのだ。

「しかし、旦那。下手人は何処から入って来たんでしょうねえ」

と長屋の中を見回した。

「なんだと？」

「だって、明け方に殺されたんでやしょ？　お蝶さんは、心張り棒は掛けてなかったんですかい？」

「どうなんだ、お蝶」

問いかけられたお蝶は、淡々と答えた。

「客が家にいるときは掛けないようにしてます。旦那も金さんも知ってのとおり、『さくら長屋』の木戸口には扉があって、大家さんが夜の四つ（十時）になると閉めることになってますからね。この中は安心してられるんですよ」

「では、おまえがこの男が殺されたのを見て、自身番に駆けて行くときはどうだった」

お蝶は少し考える間があってから、

「閉まっていました。もちろん、内側から閂《かんぬき》がされていて」

大家の住まいは木戸口のすぐ近くにある桜の木の前にあった。

「それを、おまえが開けて自身番に駆けつけた」

「そうです……」

「だが、それじゃ、おまえが夜中に下手人を招き入れて、出る時に逃がすことだってできたはずだ」

「待って下さいよ、旦那」

と声をかけたのは金四郎だ。

「まるで、お蝶さんが関わったような言い草じゃねえですか」

「それも考えられるってことだ。俺たち同心は、疑わしいことは何でも一通りは疑わなきゃならないのでな」

「俺が心張り棒のことを聞いたのは……見て下さいよ。どこにもないじゃ、ありやせんか、心張り棒が」

「そういや、そうだな」

村上と権蔵は辺りを探したが、たしかになかった。表に出て調べてみると、裏

の塀の下に落ちていた。それを見た金四郎は、

「旦那。下手人は表の木戸が閉まる前に、長屋の何処かに忍び込んでいた。たとえば、この床下とか。そいでもって、男を殺した後で、逃げ出し、心張り棒を塀に立てかけて、足場にして塀に摑まって、外に逃げたんじゃないですかね」

「なるほどな。だが、木戸口から出た方が手間がかからないぞ」

「ここから木戸口まで、結構、間があるから、その間に誰かに見られるかもしれねえし、表通りに出れば、目の前が番小屋だしね」

すぐさま調べて見ると、黒塀の上の細い屋根には、何か力が加わって少しめくれたような箇所と、足跡がくっきりとついていた。金四郎の推察どおり、下手人は龍造を殺した後、裏塀を越えて逃げたと見て間違いなさそうだ。

「でも、慌てることはありやせんよ、旦那。今なら、まだ下手人は、堺町から出ることはできていないはずだ」

「む？」

「芝居街の四方の木戸は、まだ開いちゃいねえでしょ」

堺町は、新材木町、楽屋新道、新和泉町、新乗物町、岩代町などと接している ものの、掘割や塀で隔てられている。それゆえ、世俗とは違う芝居街という、別

世界が形成されていて、吉原のように〝悪所〟と呼ばれていた。もっとも悪人が集まるの意ではない。芝居という修行をする〝結界〟として、特別な感じがあったのである。

東西南北にある〝大門〟は、芝居の興行が始まる一刻（二時間）程前に開けられる。朝から晩まで、一日を通して芝居が行われていたから、門が開くのは明けの五つ（八時）くらいだった。

「下手人は、その頃合いを見計らって、客が出入りする賑わいに紛れて、堺町から外に逃げるつもりじゃありやせんかね」

「ふむ。そうかもしれぬな……」

「あるいは……」

「なんだ」

「芝居街の住人の仕業かもしれやせん。そうは思いたくありませんが」

「なるほどな。何でも、一通りは疑わなければな……」

そう繰り返して、村上は十手で自分の肩をポンポンと叩きながら、改めて死体を見下ろした。背中の龍の目から、赤い涙が溢れているようだ。殺された男の無念さよりも、壮絶な人生を背負っていたように感じられた。

三

四つの大門を開ける前に、不審な者を見つけ出したかったが、応援の同心や岡っ引らを集めても、捕らえることはできなかった。

かといって、客入れを拒むことはできない。定刻になると客を招き入れたが、逆に出ようとする者は徹底して調べた。だが、怪しい者はいなかった。

しかし、芝居が終わる刻限になれば、今度は客を出さなければならない。それまで、何処かに潜んでいるのかもしれぬが、日に何千人、時には二万人にもなる芝居街に紛れ込んでいる者を探すことは難しかった。だからこそ、客入れ前にケリをつけたかったのだ。

だが……結局、有力な手がかりもなければ、怪しい人間を一人も調べることができないまま、龍造殺しは暗礁に乗り上げた。

そんなある夜、中村座の裏口から、仕事を終えて出て来た次郎吉に、一人の男が近づいて来た。人のよさそうな中年の侍だった。何処かの家中の者らしく、きりっと折り目正しい羽織と袴であった。

「次郎吉さんだね」

「へえ。そうでやすが」

「折り入って頼みがあるのだが、ちょっと付き合って貰えぬか」

「あっしに用が？」

「よろしいかな。そこの茶店でも」

穏やかな顔つきだが、有無を言わせぬという感じで、先に歩き出した。次郎吉は少し訝《いぶか》ったが、芝居街の中のことであるし、周りにはまだ大勢人がいる。気軽に尾いて行った。

茶店の奥に侍は入った。既に来ることを店の者に伝えていたようで、酒と塩辛《しおから》や焼き鱈子《たらこ》などの肴が置かれてあった。

侍は座るなり、次郎吉の杯に酒を注いでから、自分にも注ぎ、軽く飲んだ。そして、おもむろに懐から、切餅を出すと、次郎吉の前に置いた。

「頼みとは他でもない」

「な、なんです……」

いきなり出された切餅に次郎吉は戸惑いながらも、生来、奇妙な事件には首を突っ込みたくなる性分だからか、前のめりになって聞いた。

「実は、北町奉行所から、お白洲で使われる証拠を盗み出して貰いたいのだ」

「奉行所から？」

「ああ。おまえにとっては、造作もないことであろう」

「……どういうことです。何の事件か知りやせんが、証拠を盗めとは尋常ではありやせんねえ。お武家さんは一体……」

「お互い名乗らぬのが、裏稼業の筋というものであろう？」

「待ってくれよ。お互いって、あんたは俺のことを知ってるじゃねえか」

「だから、それがお互いのためだと言っておるのだ」

「冗談じゃねえや」

「ならば、あえて、言ってやろう。但し、私の名を聞けば、話は断れぬぞ」

次郎吉は一瞬、威圧を感じたが、黙って聞いていた。

「普請奉行・沢井《さわい》玄蕃《げんば》様の家臣、菅山清兵衛《すがやませいべえ》という者だ」

「……普請奉行のな。そんなご仁と関わりなぞねえがな、俺は。それに、裏稼業だとか何だとか、妙なことを言わないでくれ」

と次郎吉は睨《にら》みつけるような目になったが、相手はまったく動ぜず、

「何をおっしゃる、次郎吉さん」

わざとらしく〝さん〟づけで呼んでから、酒をもう一口舐めると、今度は険しい顔になって睨み返した。

「盗んで貰いたいのは、普請奉行の沢井様と材木問屋『常陸屋《ひたちや》』が交わした念書だ」

「念書……」

「それは程村紙《ほどむらがみ》に記されたもので、数枚、綴《つづ》られてある。中は、公儀普請に関わる材木の割り当てについて書かれており、お奉行と常陸屋の主《あるじ》が署名し、血判を押し、お奉行は花押まで記してある」

幕府の高級役人と業者の癒着《ゆちゃく》を事もなげに話して平然としていることを、次郎吉は不気味に感じていた。

「そんなこと……俺なんかに話していいんですかい？」

「私の名を聞けば断れぬと言ったはずだが」

そんな理不尽な言い草はないと突っぱねようとしたが、菅山は膝元に置いてあった刀に手をかけた。次郎吉は少し腰を浮かしたが、

「逃げても無駄だ。表には、私の手下が三人ばかりいる」

「……」

「奉行所に盗みに入ってくれるな……何も驚くことはなかろう。江戸城の御用蔵にも入ったことのある百戦錬磨の次郎吉さんじゃないか」

「！……ど、どうしてそれを」

「蛇の道は蛇。昔のおまえの仲間を見つけて、ここで木戸番をして平穏に暮らしていると聞いて、赴《おもむ》いてきたのだ。おまえは、その昔、盗人だった。ただ蔵に押し入るだけが盗人稼業ではない。人の弱みなど強請《ゆすり》のネタになるものを盗む仕事を、金で請け負っていたではないか……十両盗めば首が飛ぶが、紙切れを盗んだところで、大した罪にはならない。だが、その紙が百両にも二百両にもなる仕事の手伝いを、おまえはしていたではないか」

低く静かな声で、菅山は流れるように話した。次郎吉は俯《うつむ》いて聞いていたが、

――そんなことは知らねえ。

と言っても無駄であろうと察した。ならば、ここは承諾しておいて、事の後で、こいつらの悪事を奉行所に暴く手もあると感じた。しかし、そうすれば、二度と盗みはしねえと誓ったことが脆《もろ》くも崩れることになる。

「断れば、おまえの正体を、今すぐここでバラすぞ。そしたら、この町で暮らせなくなるであろう。おまえをここに導いてくれた、萩原八重桜の苦労も水の泡で

はないか？」

「そんなことまで……」

知っているとは、よくよく次郎吉のことを調べて接近して来たのであろう。拒絶すれば逆に、八重桜たちをどうにかしようと考えているのかもしれない。だからこそ、名前を出して揺さぶってきているのだ。

「中村座の方々は、俺の昔とは何の関わりもねえ。迷惑をかけるな」

「だったら、腹を決めろ、次郎吉さん」

菅山が銚子を差し出すと、次郎吉は杯に受け取った。そして、ぐいと酒をあおると、切餅をガッと掴んだ。


その夜のうちに——。

次郎吉は呉服橋《ごふくばし》御門内にある北町奉行所に向かった。

「善は急げ……いや、悪は急げ、かよ」

番所櫓《ばんしょやぐら》がある黒塗りの長屋門を見上げて、次郎吉は久しぶりに鳥肌が立った。

千八百坪余りある奉行所内は、表と奥があり、役所と役宅に別れている。

次郎吉はかつて何度も、奉行所内に忍び込んで、それこそ〝裁判〟の証拠類を盗んだことがあった。もちろん金のためである。それがために、有罪が無罪、無罪が有罪になったこともあろう。金を盗むよりもタチが悪かった。だが、次郎吉がそうするには、ある切なる思いがあったのだが、今となっては、

——人様の人生を狂わせた。

と深く反省していた。いや、反省で済むことではない。万死に値することかもしれぬ。だから、次郎吉は、

——今度は、俺の命と引き替えに、大物の悪事を白日のもとに晒《さら》す。そして、自分もこの世の中から消えてしまえばいい。

と思っていた。それならば、このままお白洲を開かせればよい気もするが、断れば次郎吉を口封じで殺した上で、必ず別の盗人を雇うに違いあるまいと考えた。

「ならば、俺の手で……」

奉行所は広いが、証拠は大概、例繰方《れいくりかた》が預かることになっている。お白洲の直前になれば、場合によっては奉行が直々に持つこともあるし、吟味与力が保管することもあるが、探すのはさして難しいことではなかった。部外者が入ることがない奉行所の中は、意外と〝警備〟はゆるいものなのだ。

案の定、例繰方の詰め所の金庫の中から、探し物は見つかった。

「……なるほどね。こりゃ、密約としか言いようがねえな。どうりで、常陸屋は焼け太りをしていたはずだ」

次郎吉は念書を大切そうに懐に仕舞うと、足音を立てることもなく、中庭に出ると植え込みに身を潜めながら、立木に足をかけて素早く塀を乗り越えた。

そして、そのまま次郎吉は、番町にある沢井玄蕃の屋敷まで届けた。

菅山に教えられたとおりの合図を送るため潜り戸を叩くと、中から番人が出て来た。その後ろには菅山が立っており、中に入るよう声をかけたが、

「仕事は素早くやった方が、お互いのためです」

と言った。菅山が手渡された文を見て、納得したように頷いたので、次郎吉はすぐさまその場を立ち去った。そして、何事もなかったように潜り戸は閉じられた。

その様子を、見ていた一人の男がいた。

岡っ引の万蔵だった。

「次郎吉……奴は何をしてやがるんだ……普請奉行の屋敷に何用なんだ……」

万蔵は首を傾げた。どう考えても理由を思いつかなかったからである。だが、

次の瞬間、アッとなった。

「もしかして、次郎吉の奴が龍造を殺したんじゃ……!?」

そう万蔵が閃いたのには訳がある。普請奉行の屋敷を張り込んでいたのは、龍造と菅山が関わりがあることを調べ出していたからである。

「やろう……次郎吉……」

と万蔵の目が月明かりに光った。

四

翌日。北町奉行所では、普請奉行と常陸屋の癒着を調べるお白洲を直前に控えて、吟味与力が慌てふためいていた。

「お、お奉行……た、大変でございます。証拠の念書が、なくなっております。お奉行、お奉行！」

役宅の方へ駆けつけて来た吟味与力を、裃《かみしも》に着替えたばかりの北町奉行、榊《さかき》原主計頭《ばらかずえのかみ》はエッと振り返った。

「鍵もかけていたのです。昨夜のうちに誰かが盗みに入って奪ったとしか考えようがありませぬ。もしかしたら……」

普請奉行の手の者が奉行所内に忍び込んで事に及んだのかも知れぬと、吟味与力は考えた。榊原も唸って座り込んだ。

「困ったものよのう……」

今日のお白洲では、常陸屋の番頭・麻兵衛《あさべえ》が殺された一件で、普請奉行の沢井玄蕃が関わっていることを追及し、その裏の公儀普請にまつわる不正を暴くつもりであった。

「しかし……その有力な証を失ったからには、追いつめることは難しいのう。沢井はただでさえしぶとい男なのだ。調子づいて、さらに不都合な者を殺し続けるやもしれぬしな」

念書は、榊原が直々に麻兵衛を説得して、主人の不正を糺《ただ》すために裏切らせ、持って来させたのであった。その麻兵衛を守ってやれなかったことに、榊原は奉行として忸怩《じくじ》たる思いがあったが、逆に、底知れぬ闇を感じていた。

だが、榊原はあえて、お白洲を開いた。なぜならば、先日、堺町で起こった無頼の輩《やから》、龍造殺しも、この事件の延長線上にあることを睨んでいたからだ。〝堺町廻り〟の村上から直に顚末《てんまつ》を聞いていた榊原は、

――麻兵衛を殺した下手人は、龍造だ。

と確信していたからである。

つまり、普請奉行と常陸屋にしてみれば、番頭殺しの実行者を封殺し、〝談合〟の証も消してしまったということである。それでも、榊原があえて、お白洲を開くのは、新たな揺さぶりをかけたいという思惑があったからである。


お白洲に引き出された常陸屋は、神妙な面持ちでひれ伏していたが、腹の中では明らかに奉行を小馬鹿にしていた。だが、今日はあえて沢井は帰した。結託している人物は、個別に調べる方が襤褸《ぼろ》が出やすい。それが常套《じょうとう》手段であった。

「常陸屋柿右衛門《かきえもん》。その方と、普請奉行沢井殿が、公儀普請につき密約を交わし、常陸屋にとって有利な商いをしたのは明白。これは、幕府の金を横領するも同じ所業。さよう認めるか」

「いいえ」

「だが、おまえと沢井殿が交わした念書は、番頭麻兵衛が生前、この私に直々に届け出たのだ。知らないとは言わさぬぞ」

「知りませせぬ」

「惚《とぼ》けても無駄だ。念書では、おまえと沢井殿が、どの普請場を請け負うか、材木の数まできちんと確約している。江戸市中の半分近くの公儀普請を、おまえが請け負うのは明らかにおかしい。しかも、巧みに下請けの材木問屋が商ったように見せかけ、常陸屋が関与していない細工までしている。悪質にも程があるぞ」

「何を証拠にそのような……私は念書なんぞ、交わした覚えはありませんし、貰ったこともございません」

「妙な話よのう……」

と榊原は傍らの書類箱から、程村紙を取り出してバサッと開いて見た。

「沢井殿の花押まで記されておるのだ。誤魔化そうと思っても無駄だ。正直に認めれば、罪一等を減ずる。認めなければ、この念書を証に、御定法に則《のっと》って極刑もやむなし。沢井殿にも切腹を命ずるしかあるまい」

「証拠ですと……？」

「さよう」

「では、それを私に見せて下さいまし」

「……その必要はない」

「ほら。見せられないではありませぬか。お奉行様ともあろうお方が、そんな嘘はいただけませんな」

「嘘ではない。このとおり、ここにある」

「ハッタリはおやめ下さい。そんなものがここにあるはずが……」

と言いかけて、常陸屋は口をつぐんだ。

「ここにあるはずが……何だ？」

「……」

「あるはずがない、奉行所には、と言いたいのか？　ならば、何処にあると言うのだ」

「ですから、書いたこともないし、そのようなものは知りませぬ」

と少し苛立った様子で言ってから、二度と口を開かないとばかりに唇を一文字に結んだ。榊原は白状させるのが巧みだから、決して油断するなと、奉行所へ向かう前に沢井から念押しされていたのを、常陸屋は思い出していた。

罠《わな》に落ちないためには、黙して語らぬのが一番よい。下手に喋ると何処かに隙ができるし、矛盾も生じる。表情や態度にも表れる。聞こえぬふりをして、軽く受け流すのが得策だと、沢井に教えられていたのであった。

「常陸屋。だんまりを続けても、おまえにとっては何の得にもならぬぞ」

「……」

「ならば、やむを得まい。しばらく、奉行所内の牢か、小伝馬町に入っていて貰おう」

「……」

「ふむ。そのくらいの覚悟はして来たようだな。どうせ、沢井殿が黙り続けろとでも諭《さと》したのだろうが、証拠はこの念書だけではない……」

と榊原は程村紙をちらつかせてから、「次郎吉なる男と、沢井殿が通じておることも既にこっちで摑んでおる」

さすがに常陸屋はエッという顔になって、榊原を見上げた。

「知っておるであろう」

「……」

「そうか。あくまでも白を切るか」

次郎吉の話も、榊原は村上から聞いていたのだが、本当はどこまで関わっているかは摑んでいない。だが、常陸屋の表情から、明らかに、何かあることは確信した。

「次郎吉の住まいは堺町だ。その堺町で、先日、龍造なる男が殺された。こやつは、おまえの店の番頭を殺した奴だ……どうした。下手人が分かったのに、嬉しくないのか。さもありなん……この龍造に番頭殺しを命じたのは、おまえたち。そして、龍造を消したのもおまえたちの仕業なのだからな」

「いい加減にして下さいまし！」

たまらず常陸屋は声をあげたが、不用なことは何も言わなかった。だが、それが当然であるかのように、榊原は、

「引き続き吟味をするゆえ、向こう十日の入牢を申しつける」

と宣言した。逃走の疑いがある者は、奉行の権限で日にちを切って、牢に入れることができた。一旦、牢に入れられると、そこから逃れることは難しい。

さしもの常陸屋も悔しさのあまり舌打ちをして、憎々しげに榊原を睨み上げていた。

五

「待ちな、次郎吉」

背中から声をかけられて、次郎吉は身構えるような格好で振り返った。

「なんでえ、村上の旦那か」

村上は十手の先で、次郎吉の鳩尾《みぞおち》あたりを軽く突きながら、

「何を怯えてやがる」

「別に何も。いきなりだから、びっくりしただけですよ」

「ちょっと顔を貸せ」

「え？　もうすぐ客入れなんですよ」

「金公にでも代わって貰え」

「それが、金の字の奴、あれから、何処へ行ったか、町にいねえんですよ」

「あれから？」

「彫長の長屋で殺しがあってから」

「まったく……奴の考えてることは、時々、分からなくなるぜ。とにかく、来な」

と半ば無理矢理に、木戸番口から引き離して、自身番まで連れて来た。

そこには、権蔵も険しい顔で座っており、傍らには万蔵が立っていた。驚いたことに、奥には、八重桜が座っていた。その静かな目には、言葉にこそ出さないが、

――正直に話せ。

という思いが溢れていた。

次郎吉は思わず顔を背けて、黙りこくってしまったが、村上は遠慮なく押し倒すように土間に座らせて、ドンと十手の先を床に叩きつけた。飾ってあるさす股や突く棒が揺れるほどの強さだった。

一瞬、びくっとなった次郎吉だが、覚悟を決めたように胡座《あぐら》をかいた。

「誰が足を崩していいと言った。きちんと正座しろ」

村上に命じられて、次郎吉は足を直すと、八重桜が近づいて来て優しく語りかけた。

「折角、まっとうに暮らしてるんだ。何があったか、正直に話すんだ。俺たちが力になってやる。でないと、また……地獄道に舞い戻ることになるんだぞ」

「……」

「万蔵が見たんだ。おまえが、沢井様の屋敷に何かを届けたのをな」

えっと次郎吉が見やると、万蔵は小さく頷き、龍造殺しのことで沢井の屋敷を張り込んでいたことを話した。八重桜は、そっと次郎吉の肩を抱いて、

「村上の旦那から、お白洲の証拠がなくなっていた話を聞いたとき、俺はもしか

したら……って思ったよ」

「……」

「おまえが、そこの茶店で、沢井様のご家来と会っていたのも、見られているんだ、店の娘に。切餅を貰っていたのもな。何があったんだ、おい」

八重桜が優しく問いかけても、次郎吉は頑として答えなかったので、村上は八重桜を押しやって、

「ずばり聞くぞ、次郎吉。おまえだな、奉行所から、念書を盗み出したのは」

「さあ、俺は何も……」

「惚けても無駄だ。おまえはそれを沢井様の屋敷まで運んだ」

「……」

「黙っていても、もう分かってるんだ。このままじゃ、おまえまで沢井様の手の者に狙われることになるんだぜ。用心深い沢井様のことだからな」

「旦那。俺は何も知りませんよ」

「そうかい。だったら、勝手に沢井様の手の者に殺されるがいいぜ。おまえみたいな三下、何処でどうなろうが知ったことじゃねえ」

と村上が投げやりに言うのへ、八重桜は宥《なだ》めるように、

「ここんところは、私に任せてくれませんかねえ。こいつには、ちょいとばかり、お上を今ひとつ信じられない訳があるんですよ」

と言った途端、次郎吉は余計なことは言わなくていいよと制した。だが、八重桜はいっそのこと、次郎吉の過去をばらしてしまった方が、かえって本人のためになると思って、村上に話し始めた。

「いいですか、村上様。こいつの話をするってことは、この私も同じ罪だということです。つまり、私も女形の役者をやめる覚悟で話すということです」

次郎吉はその言葉に、思わず身を乗り出して、やめてくれと叫んだ。そんな悲痛な顔の次郎吉など、権蔵も見たことがなかった。

「こいつの父親は、二八蕎麦《にはちそば》の屋台を担いでいたんですが、もう七、八年も前になるが、殺しの疑いをかけられたんですよ。それこそ、ある材木問屋の主人殺しのね」

「材木問屋……？」

村上が訊くと、八重桜は頷いて、

「ええ。深川の『木曾屋』さんですよ……その時、奉行所で散々、調べを受けたが、きちんとした証が出たわけではないので、しばらくして解き放たれた……」

だが、一度、嫌疑を受けた者は、たとえ白だと分かっても、周りの者たちは心底、無実を喜んで信じることはない。本当の下手人が捕まらない限りは、疑いのまなざしを完全に払拭することはできないのだ。

だから、次郎吉とその弟、妹たちも、住んでいた深川冬木町の長屋から出ざるを得ず、二八蕎麦の屋台を担ぐこともできなくなった。人殺しの蕎麦なんぞ食えるかなどと、聞こえよがしに言う心ない者もいたからである。

そもそも、疑われたことにも無理があった。

八幡宮近くの路地を回っていたとき、ふいに呼び止められた大店風《おおだなふう》の旦那に、蕎麦を出した。月もなく、星も見えない曇天で、提灯《ちょうちん》だけが頼りの夜だった。

少し酔っ払ったような大店の旦那は、蕎麦を一杯、かきこむと、おもむろに財布を取り出して、一両、差し出した。長屋暮らしの一家四人が一月過ごせるくらいの金である。そんな大金を貰っても、釣り銭がない。面倒だから、

「またの機会でいいですから、その時に、今日のぶんと一緒に下さい」

と次郎吉の父は言ったが、大店の旦那も頑なに金を押しつけて、釣りはいらないと言い張った。それが、通りすがりの者から見れば、言い争っているようにも見えた。

だが、結局、大店の旦那は、小判を一枚、屋台に置いたまま立ち去った。次郎吉の父は小心者だったから、蕎麦を何百杯も食べられるような金を釣りとして貰うわけにはいかない。すぐさま、大店の旦那を追ったのだが、路地に消えて、姿が見えなくなった。仕方なく、戻ってきたところ、妙なものを踏んだ。

すると、そこには、大店の旦那が転がっていた。提灯をかざして見ると、刃物が胸に刺さっていて、鼠色《ねずみいろ》の着物が血だらけになっていた。

「ひ、ひぇぇ！」

驚いた次郎吉の父は、すぐさま近くの自身番に走った。が、駆けつけて来た同心は顔見知りだったのか、遺体を見てすぐに『木曾屋』の主人だと分かった。そして、次郎吉の父が手に持っていた小判に目をつけた。同心は、

「おまえ……『木曾屋』の主人から、小判を盗んだな」

と疑い始めたのだ。次郎吉の父は、誠心誠意、本当のことを話したが、自身番で絞られた挙げ句、

——金に目が眩《くら》んだ二八蕎麦屋が、客に来た大店の旦那を殺して、金を盗んだ。

ということにして、吟味にかけられたのだった。後は、そのまま牢に送られて

詮議を受け続けたのだが、凶器の刃物がヤクザ者が使う匕首であったり、一両を返そうとしているのを見た者がいたりしたので、証拠が不十分ということで、解き放たれたのだ。

『木曾屋』といえば、その当時は、江戸で一番の材木問屋で、色々と焦臭い噂もあった人物だから、その死については、幕閣への賄賂《わいろ》をけちったから殺されたとか、問屋仲間から怨みを買っていたとか様々な憶測が流れた。『木曾屋』が死んで、しばらくして頭角を現したのが『常陸屋』だから、

――自分がのし上がるために殺したのではないか。

という噂も囁《ささや》かれた。

だが、いずれにせよ、次郎吉の家族にとっては苦難の日々だった。父親が下手人として疑われて、お上の世話になったのは事実で、そのことだけが世間をして白い目で見させるようになったのである。

何処へ住んでも、うまくいかず、そんな不遇の中で、病がちだった母親は心の臓に負担がかかって死んだ。弟と妹は遠い親戚に預けられ、父親は遠く、小田原の方で活路を見い出そうとしたが、噂というものは影のようについて回って、結局、別の事件の嫌疑を受けて、悩み抜いた挙げ句、自害した。

次郎吉が盗みに走ったのは、父の死がきっかけだった。

「所詮、世間はこんなもの……」

というひねくれた見方しかできなくなっていたのだ。初めは盗みやかっぱらいという簡単なものだったが、ひょんなことで知り合った、盗賊の頭に弟子入りして、殺しだけはしなかったが、色々な大店や武家屋敷に押し込んで、かなりの盗みの手伝いをして、自分なりに技を磨いていった。それは、離ればなれになっている弟や妹に金を送りたい一心だった。

盗賊の頭が死んでからは、次郎吉は一人で仕事をするようになったが、どこでどう裏社会に広まったか、

「虹を盗む盗賊がいる」

という〃伝説〃ができあがり、盗みなら何でも請け負う次郎吉、という評判が立ったのである。だから、押し込み強盗ではなく、人に盗まれたものを奪い返すとか、借金の証文を取って来るなど、半ば人助け、半ば金儲けで盗みを繰り返していたのだ。が、ある事件でお上に追われて逃げ込んだ芝居街で、八重桜に助けられたのであった。

「若い頃には、色々と失敗もある。もちろん、許されない罪を犯したであろう。

だが、深い事情があった。まだ若い。反省もしている。だから、私は……次郎吉を、お上に突き出す気にはなれず、うちで面倒を見てきた」

生来、性根のいい奴だから、すぐに芝居街に馴染《なじ》んだ。まっとうに働いた金を、今でも年の離れた弟と妹に送っている。いつか再会することも叶《かな》うだろうが、それまでにすっかり盗人の垢を洗い落として綺麗な体になりたいと思っていたのだが、今度の話である。これでは元の木阿弥《もくあみ》ではないかと、八重桜は嘆いた。

「正直に言え、次郎吉」

もう一度、背中を押した八重桜の気遣いに、次郎吉は涙ぐんだ声になって切々と謝った。そして、己がした軽はずみな行いを恥じて、自分の頭を何度も殴って、

「奉行所に忍び込んだのは、謝るよ。裁きを受けてもいい。でも、少しだけ待ってくれよ、村上の旦那……俺は、菅山という普請奉行の沢井の家来から、『常陸屋』の話が出たとき……ああ、こいつだ。俺の親父をハメた奴だと思い出したんだ」

「おまえの親父を?」

「ああ。『木曾屋』を殺したのは、『常陸屋』の手の者で、俺の親父は、うまい具合にハメられたんだ。一両を真面目に返しに行ったばっかりに、下手人に仕立てられた……そう思うと悔しくて、『常陸屋』に一泡吹かせたいと思ってよ」

次郎吉も、『常陸屋』が成り上がるために、『木曾屋』を殺したと思っていたのだ。

「だったら、念書を盗んで返すことは、むしろ助けることになるではないか」

村上がそう言うと、次郎吉は首を振って、

「あいつらに渡したのは、偽物でさ。奉行所から盗んだものは俺が持ってる。渡したのは、同じ金庫に入っていた写しだよ」

「写し……」

お白洲では、証拠を咄嗟《とっさ》に破られたり、焼かれたり、小さなものなら飲み込まれたりすることがあるので、模写したものを見せることがある。そして、これの原本は奉行が持っていると話を進めるのだ。一字一句、間違いがなければ、咎人《とがにん》はその時点で観念する。

「その念書をどうするつもりだ」

村上はどうでも取り戻したい気になったが、次郎吉は逆に冷静に、

「奴らは、手にしたのが偽物だと気づいているはずだ。そしたら、今度は俺を狙ってくるに違いねえ。そこを……逆手に捻じ上げてやるのよ。親父の無念を晴らすためにな」

「……おめえの話は分かったが、それでは道理が通らぬ。死んだおふくろや親父が喜ぶとも思えない」

と八重桜が口を挟んだ。

「後は、お上に任せるんだ、次郎吉」

「俺の親父を……無実の親父を咎人扱いして、拷問までかけて、そいでもって、一言も謝らないお上に任せろってかい……」

「おまえの気持ちは分かる。だが、これ以上無茶はするな。おまえに万が一のことがあれば、弟や妹はどうするんだ。この町にもすっかり溶け込んでるのに……なあ、次郎吉。念書はお上に返せ……」

次郎吉は黙って俯いていただけで、何も答えなかった。

ふと人の気配に気づいた権蔵が、障子戸をいきなり開けた。

すると、狂言作者の尾泥木桃次郎が立っていた。

「なんだ……先生ですかい。でも、立ち聞きはいけやせんや」

権蔵が強く言うと、桃次郎は素直に、

「すまん。そういうつもりではなかったんだ。町を歩いてると、思いがけず芝居のネタが拾えるものでな。いや、申し訳ない」

「なんだか恥ずかしい話を聞かれちまった……」

と次郎吉が頭を掻くのへ、

「仇《あた》の風だったんだ」

「え……？」

「——仇の風……激しく辛く厳しい逆風のことだ……人生、いつも順風とは限らないからねえ。次郎吉さん、別に恥じることじゃありませんよ」

と頭を下げると、桃次郎はトボトボと立ち去った。

村上はなにげなく見送っていたが、八重桜は鋭い目で行方を追っていた。

六

その夜遅く、金四郎は中村座に帰って来た。座頭は真面目に働かないなら、追い出すぞときつく叱った。が、八重桜は、

――どうせ、またぞろ、何かを探っていたのだろう。

と勘づいていたから、芝居街の東の端、船着き場近くの自分の屋敷に、金四郎を連れて行った。決して、大きな家ではないが、女形らしく、女物の着物や持ち物が整然と並んでいた。

金四郎の何処か浮ついたような顔を見て、

「何か摑みやがったな。こっちはこっちで大変だったんだぞ」

と次郎吉の顚末を話した。金四郎は、次郎吉の父親のことは知らなかったが、盗賊だったことだけは知っていた。次郎吉が話したわけではない。足の速さやすばしっこさ、目付きの有り様で、盗賊であることは分かっていた。金四郎自身、盗賊一味に潜り込んでいたこともあるからだ。

「殺された龍造のことを調べていたんです」

「それなら、万蔵も探ってたはずだが」

「いや、俺が調べたかったのは、彫長……お蝶との関わりですよ」

「彫長……そういや、金四郎、おまえ、彫長の所に時々、通ってるそうじゃないか。しかも、背中に彫り物を入れるために」

「あ、知ってたんですか？」

「あまり感心しねえな」

「そうですか？　別に俺は極道者になるために彫ってるんじゃありません」

「そのちょっとした遊び心で、躓《つまず》くんだよ」

「へえ。ま、またその話は今度ということで……」

と誤魔化すように笑って、金四郎は龍造の話を続けた。

龍造の過去がすべて明らかになった訳ではないが、浅草の天神一家に出入りするようになったのは、十五、六の子供の頃だった。だが、一家の者になったわけではなく、親分に好かれていたから、思うがままに喧嘩三昧《ざんまい》に生きていた。

そして、親分に勧められて、刺青を頼みに来たのだが、先代の彫長は、龍造に対しては決して彫ることはなかった。極道者になるには、心が優しすぎると見抜いたからだ。良きにつけ悪しきにつけ、ヤクザ渡世で生きていくには、義理と人情を比べたときに、義理を重んじなければならないからだ。

「龍造は、遊びだからと言ったが、『なら尚更《なおさら》だめだ』と、彫長は突っぱねたそうです。でも、奴はまっとうな仕事にはつかず、彫長の願いも空しく、日々、荒れた暮らしをしていたそうだ。だが、ひとつだけ、奴の心の中で、まっとうな光があった……それは、お蝶さんに惚れたことだった」

「お蝶さんに……」

「ええ。その惚れようが、生半可ではなくて、とにかく女房にしたいくらいだった。けれど、お蝶には許嫁《いいなずけ》がいた。彫長の一番弟子だった、吉弥《きちや》という男です」

吉弥は肝の据わった男で、心底、お蝶のことを愛していたから、龍造に近づくのをやめろと、何度も訴えた。だが、そんなことで言うことを聞く龍造ではない。しかし、渡世人の間では、神様みたいな存在の彫長の一番弟子や娘を困らせるのは、それこそ仁義に反すると親分からも叱られた。

だが、龍造は、

「俺は別に、親分に盃を貰ってないから渡世人ではないし、彫長さんには刺青を断られたから、それこそヤクザ者でもない。どうして、お蝶さんを好きになってはいけないんだ」

と屁理屈を言っては、駄々っ子のように、お蝶を求めた。

お蝶の方も、そんな龍造に、どこか惹かれるところがあったのであろう。誘われて茶店に出かけたり、芝居見物をしたりしたこともある。だが、そうなっては彫長も黙っておられず、早く吉弥と祝言を挙げろと勧めたが、お蝶は二の足を踏んだ。

吉弥は、お蝶に真意を尋ねたが、曖昧にしか返事をしなかった。そして、龍造と逢瀬を重ねていることを察して、辛い気持ちを抑えて、身を引いたのだった。

吉弥は、彫長のもとを去って、今は何処でどうしているかは分からない。

だが、お蝶は、龍造と一緒になることはなかった。彫長は自ら、心の優しい男だと認めたが、それは極道者になるには優しいと言っただけであって、つまりは

中途半端な人間だということだ。

『中途半端な人間には彫らない』

というのが彫長の真髄であった。だからこそ、彫られた人間は極道として生き抜く自信がついたし、気の弱い者や優しい者は地獄道に堕《お》ちずに済んだ。いわば、彫長は、裏社会の親分衆から、

『こいつが使い物になるかどうか見てくれ』

という意味で、若い衆を送りつけられていたのである。彫長の心眼が頼りだったのだ。その期待を受けて、彫長は若者を篩《ふるい》にかけていたといってよい。だからこそ、彫った者が間違ったことを起こせば、自分の子供がしたことのように悔やんでいた。

「では、こういうことか、金四郎……」

八重桜は何かを深く考えるように、長い吐息をついた。

「今の彫長こと、お蝶は、龍造と惚れ合った仲だったというわけか」

「へえ。今は、そういう仲ではありやせんがね」

「そうは言っても、焼けぼっくいに火がつくってこともあろう。かつて惚れた男が、自分の部屋で殺された……」

と八重桜はもう一度、やるせなさそうに溜め息をついて、「そりゃ、たまったものじゃねえが、どうして黙っていたんだろうな、八丁堀の旦那に」

「そこのところが、俺にも……」

「下手に探られたくなかったからかな、下手人に間違えられるのは困るから」

「それは違うと思いますよ。俺は、あの時、お蝶さんの様子を見ていたが、とても惚れた男を失ったような感じじゃなかった」

「どういう意味だ」

「うまくは言えないんですが……そうなることが分かっていたというような……誰かに殺されることが分かっていたというんじゃなくて……そうなる運命《さだめ》を知っていたというか」

「どちらかの死が、二人を分かつ、ということかい」

「そうかもしれません」

「そりゃ、かなりの深い情念で結ばれていたってことかもしれないな。金四郎、おまえは若過ぎて、まだ分からないかもしれないが、お蝶さんにそういう男がいたとなると……おまえも気をつけておいた方がいいぜ」

「え……？」

「惚れられたら、恐ろしいことになるってことだ」

と半分ふざけた顔で言ったが、まったくの冗談でないことは、八重桜の口調で分かった。女形を長年演じてきた役者ゆえに分かっているような声だった。

金四郎は一瞬、鳥肌が立ったが、お蝶とならば、そうなってもいいと思った。背中に桜の花びらを入れてくれているときの、お蝶の息づかいや指先の繊細さ、着物の上からでも伝わってくる肌の温もりを思い出していた。

「おい、金四郎……大丈夫か」

「あ、はい」

「分かったことは、それだけじゃなかろう」

我に返ったように金四郎は首を振って、

「ここからが肝心なんですがね。龍造は、いつしか……金で殺しを請け負う〝闇の男〟になっていた節があるんですよ」

「闇の男、な」

「もちろん、誰も気づいちゃいないでしょう。俺も、龍造みたいな男が勝手にやっていることなのか、それともそういう一味があるのかは知りません。ですが、龍造はぶらぶらと遊び人をして、賭場《とば》の用心棒みたいなことをしてはいたが、その奥深いところでは、殺しに手を染めていたということです」

「うむ……」

「どんな裏の仕事をしていたかまでは摑めちゃおりませんが……その昔、材木問屋の『木曾屋』を殺したことや、今度、『常陸屋』の番頭を殺したのも、龍造の仕業だと思われます」

「なるほどな……」

幕府の普請にまつわる事件では、その裏で何かが蠢《うごめ》いている。

さらに、その裏では、龍造のような奴が暗躍して、時の幕閣などが思い描くとおりに実現しているものだ。

「龍造もまた、そういう奴らの犠牲者だったというわけだな……てことは、金四郎。龍造を殺《や》ったのは、闇の渡世の仲間ということなのか？」

「恐らく、そうでしょうね……」

金四郎は八重桜から、次郎吉がお白洲の証拠を盗み出した話を聞いて、

「そういうことか……龍造が殺されたのは、万が一にでも、龍造にお白洲に出られては困る奴が殺したんだろうが……実際に殺したのは、芝居街の中にいやすよ」

「なんだと？」

「ええ。必ずいやす」

「どうして、そう思う」

「心張り棒ですよ。お蝶の部屋の心張り棒です」

八重桜は首を傾げたが、金四郎の眼光は遠くを睨むように鋭くなっていた。

七

その翌日の未明――。
次郎吉の住む長屋に、忍び足で近づいて来る男がいた。月明かりはなく、辻灯《つじどう》籠《ろう》も消えており、しんと静まりかえっていた。

男の影が足音も立てずに、次郎吉の部屋の前に立ったとき、すぐ近くの井戸端に掛けられてあった筵が動き、別の人影が動いた。

それは、金四郎だった。

「狙いは次郎吉の盗んだ『常陸屋』と普請奉行の念書かい」

人影がザッと少しだけ足をずらす音がして身構えた。

「残念だが、念書はここにはないぜ。この金四郎が預かってる。欲しけりゃ、俺のところに取りに来な」

一瞬、息を飲んだような緊張が走ったが、人影は金四郎に襲いかかるどころか、身構えることもなく、一目散に逃げた。だが、金四郎も追うことはなかった。まるで、それが誰だか分かっているような目つきで、

「しつこいやろうだな」

と膝の埃を払って呟いた。

その日も、朝から芝居客で堺町中はごった返していた。

木戸番口で客入れをして、ひとしきり働いた次郎吉に、金四郎が駆け寄って来た。

「よう、次郎吉兄貴！」

「……おう」

「なんだよ、元気がねえな。今日は日本晴れだ。大入り満員。仕事が一段落したら、どじょうでも食いに行きやしょうぜ」

「いいよ。別に気を使ってくれなくてもよう」

次郎吉は自分の過去が金四郎に知られて、なんだかケツの穴でも覗かれた気持ち悪さで、むずむずしていた。

「この前の蠟燭百本！　あの後でもぜんぶ売れたンだ。その金はまだ使わないであるから、旨いもん食べに行こう」

そう話していたところへ、尾泥木桃次郎がトボトボと歩いて来た。ひょろひょろした足取りで、夜なべをしたのか、顔も青白い。

「先生。また夜通しで、書き物ですかい？」

と金四郎が声をかけた。

「ああ……」

いつもの人を寄せ付けがたい顔つきで、二人の前に来て、

「今日は千秋楽《せんしゅうらく》だから、芝居を観に来た」

と言って、木戸銭を払おうとした。

が、次郎吉はさりげなく断って、

「先生から金は取れませんよ。うちの座付きじゃなくたって、堺町の宝ですから」

「いや、しかし……」

「座頭からも、そう言われてるんです。ささ、どうぞ遠慮なく」

いつも只で入っているのだが、殊更、遠慮するのは、一度、芝居がどうしても書けなくて、穴を開けてしまったことがあるからである。そのときは、近松モノに急遽《きゆうきよ》代えたのだが、それが大好評だったから、桃次郎はかえって落ち込んだということだった。

「済まないねえ、次郎吉。では、立ち見ででも見させて貰いますよ」

「いや、その足じゃ無理です。あっしが桟敷席《さじきせき》に……」

案内しようと手を取ろうとしたとき、金四郎がパッと桃次郎の足を払った。

途端、桃次郎はすっと跳ねて、そのまま着地をしたが、わざとらしくよろよろと次郎吉にもたれ掛かった。

「何しやがる、金の字！」

次郎吉は目を見開いて、怒鳴ったが、金四郎は涼しい顔で、

「桟敷なんかに座らなくとも、ずっと立ってられるんじゃねえか？」

と桃次郎を睨み据えた。端然と見返していた桃次郎だが、金四郎に何か察せられたと感じたのであろう、当人はもはや言い訳はせずに、ただ次に何を言い出すか様子を見ているようだった。

「おい。金の字、謝れ。先生が蠟燭を沢山、買い込むのはな、夜中に仕事をしているためだ。手元を照らすだけの灯りで、俺たち……いや、客のために名作を書いて下さってるんだ。それをなんだ、てめえ。ふざけるのも大概にしやがれッ」

「次郎吉兄貴……こんな奴を庇うことはねえぜ」

「なんだと⁉　もう一遍、いってみろ、このコンコンチキ！」

「兄貴の命を狙いに来た奴だ。庇うことはねえ……そうでしょ、桃次郎先生」

「……」

「まさか、あなたが龍造を殺したとは、思ってもみませんでしたよ」

「な、何を言い出すんだ金四郎……」

と次郎吉は金四郎の胸ぐらに摑みかかったが、それを軽く押しやって、

「夜通し起きてるってのは、芝居を書いてると人に見せかけるため。その裏で

は、何処かは知らないが、〝闇の男〟たちの寄合にでも出かけてたんでしょう？」

「……」

反論しない桃次郎を、次郎吉も不思議そうに見やって、少しばかり腰を引いた。

「心張り棒を足がかりに塀を越える足腰があるんでやしょ？　その時に履いていたのは、雪駄《せった》や草履ではない。足袋《たび》だ。役者などが履く、滑り止めのついたやつだ」

桃次郎は覚悟を決めたように、金四郎を睨みつけて、

「若いの。ちょいと、そこまで顔を貸せ」

と言うなり、スタスタとまるで峻険《しゅんけん》な山歩きで鍛えた修行僧のように歩き始めた。次郎吉は驚いた目で見ていたが、思わず金四郎と一緒に追った。

芝居街の大通りを抜けて、大門の外に出ようとしたとき、自身番からヌッと出て来た村上が立った。へっぴり腰だが、万蔵も十手をつきつけている。

後から出てきた家主の権蔵は手に縄を持っており、全てを承知してるかのように、

「先生……裏の稼業までは知らなかったが、数々の狂言を書いたお人だ。先生の

芝居の盗賊たちのように、最後の最後はジタバタせず、大見得を切ってもいいですから、他人様に手をかけさせずにお縄になりませんか」

「……黙れ。俺をなめるなよ。お縄にしたところで、ふん、すぐさま……」

「すぐさま何でやす？」

　と金四郎が逆に問いかけた。

「所詮は、あんたも殺しの道具だ。あんたの裏にいるご仁は、助けてはくれませんよ」

「……」

「尾泥木桃次郎ほどの先生が、どうして、こんな稼業に身を貶《おとし》めたんです。しかも、わざわざ年寄り臭く、足の悪い振りをして世を欺《あざむ》いてまで、どうして……」

「こんな稼業に身を落とした……ふん。逆だよ。元々、闇の仕事をするのが本業で、世間には、人嫌いな狂言作者の顔を見せていただけだ」

「だとしても、本業の殺しよりも、芝居の方がよい出来だと、俺は思うがね。どこで道を誤ったのか知らないが、随分と大勢、始末してきたんだろう。同じ闇の仲間の龍造を殺したのは、あんただ」

「……」

「だが、裏で操っていた者……普請奉行の沢井や『常陸屋』のことを、きちんとお白洲で話せば、殺した奴も浮かばれる。いや、あんたが他で殺した奴のことも、洗いざらい話せば、楽に極楽に行けるってもんだ。あんたの芝居にもあるじゃないか……『浮き世の垢は浮き世にて綺麗さっぱり落としてけ』とな」

「若造のくせに……こんな科白も書いたぞ。『あの世まで持ってゆくのが盗人の意地を通して恩義の墓』とな」

「なるほど。裏稼業は、誰か世話になった人への恩返しだとでも言うんですかい」

「……狂言作者は、文人であって文人にあらず……分かるか、この気持ちが」

歌舞伎の作者が浄瑠璃作家に対して卑下している言葉である。

「さあね……あんたはただの人殺しだ。ああ、人殺しは何を言っても許されないんですよ。亡くなった命は戻って来ないんだから」

金四郎が険しい目で睨みつけると、堪えきれなくなったのか、桃次郎は悲鳴を上げて、大門の外に向かって駆け出した。それへ村上が躍りかかり、大門の外で待ち伏せていた捕方たちが、逃げた狂犬でも追い込むようにして取り押さえた。

「放せえ！　貴様ら！　末代まで呪ってやるぞ、このやろう！」

あまりにも無様で、往生際の悪さに、次郎吉のみならず、野次馬としてかけつけていた芝居街の者たちは唖然となっていた。

「仇の風ばかりだったのかもしれねえな……」

と次郎吉がぽつりと呟いた。

金四郎はえっと振り返ったが、次郎吉は何も言わず、ただ桃次郎を遠目に見送っていた。

八

金四郎と次郎吉が、北町奉行の榊原に呼び出されたのは、その日の暮れのことだった。

吟味与力が調べた後、例繰方が擬律《ぎりつ》といって、御定法を事件に適用してから、奉行が直々に調べるのだが、金四郎は吟味部屋に呼び出されても、さほど緊張はしていなかった。何度か訪れていたことがあるからである。

その代わり、次郎吉は針の筵に座っているようだった。なにしろ、昔は盗賊をしていたのだ。旧悪が暴かれて、御用の上に磔《はりつけ》にされるのではないかと兢々《きょうきょう》としていたのである。

お白洲ではないものの、榊原が現れた時の次郎吉の様子はカチカチの岩のようになっていた。

「町奉行の榊原である。さて、金四郎に次郎吉とやら……」

と言いかけた途端、榊原の顔が凍りついた。人というものは吃驚《びっくり》すると、一旦、思考が止まり、頭の中で整理がつくまで呆然とするものだ。榊原とて例外ではなく、ようやく現実を認識したときに、氷解したように動き出す。

「これは驚き桃の木。金四郎とは……金四郎殿だったか」

「畏れ入りやす」

金四郎は照れくさそうに頭を下げた。

「いや。お父上とは、同じ芙蓉《ふよう》の間詰めゆえな、よく顔を合わせるのだが……いやはや、何も言うておらぬから」

「恥ずかしいのでございましょう。出来の悪い息子が」

「いやいや。おぬしのことなら、この榊原もよう知っておる。こんな幼い頃から、潑剌《はつらつ》として利発なお子じゃった」

次郎吉は豆鉄砲でも食らったような顔で、

「な、な……なんの芝居だよ、これは……き、金四郎、おい……」

「芝居？　芝居なんかではないぞ」

と榊原は微笑で話してから、「金四郎殿の実父は、長崎奉行。従五位の階位で、遠国《おんごく》奉行の筆頭であるのだぞ」

長崎奉行は、名誉のみならず、色々な利権に関わるから、赴任中に一生分の蓄財ができるとも言われていた。長崎への道中では、十万石の大名並の道中を組むと、幕府で決められていた。それほど、大きな権限と待遇を与えられていたから、旗本が憧れる役職だった。

「う、嘘……あ、いや。おまえ、時々、旗本の子息だなんぞと言ってたが、本当だったのかよ、おい……いえ、本当だったのでごじゃりますか？」

緊張で舌を噛んだ次郎吉に、金四郎は笑って、

「だから、俺は隠すつもりはねえっていつも言ってたでしょ。ただ、兄貴が信じてくれねえだけで」

「兄貴なんて……いや、畏れ多い。お見それいたしやした」

「よしてくれよ。俺はそんなんじゃねえ。ただ旗本の家に生まれただけであって、毎日、浮き草稼業のただの遊び人だ」

「そ、そうは言っても……」

「さよう」

とまた榊原が口を挟んだ。

「金四郎殿はそこが面白いのだ。昔っから、人の上下を考えぬ。誰とでもつきあい、誰とでも仲良くなる。人はみな同じとな。それもまた、我々、政《まつりごと》を預かっている者から見れば困ったものだが、それが人の本当の姿だと思う」

「そんなことより、榊原様。今般の事件についちゃ、この次郎吉兄貴が証拠の念書を、悪い奴にそそのかされてやったこととはいえ、正直に申し出て謝ります。どうか、どうか、俺に免じて……というのも憚《はばか》られますが、ご寛容のほどお願い奉ります」

「いいや」

榊原がそう言ったので、次郎吉にはまたもや緊張が全身に広がった。

「奉行所からは、何も盗み出されておらぬ」

「へ？」

「ゆえに、咎めろと言われても土台が無理な話だ」

と念書をパラリと出して見せた。金四郎が村上を通して、予《あらかじ》め届けていたのだ。

「お、お奉行様……」

次郎吉は仏でも崇《あが》めるように、榊原を見た。そして、おもむろに手を合わせた。

「次郎吉、俺はまだ死んでおらぬぞ」

「め、滅相なことを……あっしはただただ、嬉しいだけで、へえ……」

「なるほど。馬鹿正直な男よのう……ところで、金四郎殿。今度の一件は、色々な裏があったものの、なんとか解決の目処《めど》がついた。しかしだ……龍造のことを調べ出したのは感心するが、一体、どうしてそこまで調べることができたのだ」

「それは……へえ、俺も色々と悪さをしてきたもので、蛇の道は蛇ってことで」

「そんな言葉で誤魔化すでない。お父上は、恐らく深く案じていることであろう。無頼な暮らしはいい加減にして、屋敷に戻ってはどうだ。ああ、お父上は何も語らぬが、噂というものは流れるものだ。もっとも、芝居街で起居しておるとは、私も考えてもみなかったがな」

「だったら、これからも内緒ということで」

「父上は知らぬのか？」

「知らぬふりはしてますが、時々、家中の者が中村座の近くをうろついていることもあるので、承知してると思いやす」

「ならば……ならば、どうじゃ金四郎。表向きだけでもいいから、私から御用札を預からぬか。さすれば何かあった時に……」

「それはご勘弁下さい、榊原様。そんなことをしたら……」

と言いかけて、金四郎の瞳が笑った。

「そんなことをしたら？」

「榊原様が何か不正をしたときに、突っ込めないじゃありやせんか」

「私が不正をか」

冗談とはお互いに分かっている。

「そんなことはしないとは思ってますがね。普請奉行の沢井様も、若い頃は青雲の志高く、御公儀と商人の馴れ合いを一掃すると頑張っていた人と聞いてやす」

「なるほど。金四郎殿も、お父上に負けず劣らず、面白いのう。その気概があれば、どんな暮らしをしていても、心がぶれることはなかろう。ふはは、ははははは」

榊原は実に愉快そうに笑った。

その後のお白洲では、念書が決め手になって、すべてが明らかになったことは語るまでもない。沢井は切腹、『常陸屋』は闕所《けっしょ》の上、獄門となった。もっとも、闇の社会との繋がりは、町奉行としても結局、分からず仕舞いであった。幕閣の奥にも大きな闇があることが、金四郎には苛立たしいことだった。

とまれ、お白洲には、お蝶も呼び出されて、龍造殺害時のことはあれこれ聞かれたが、二人の仲のことは追及されることがなかった。この話は、八重桜が金四郎との間だけのことで封じてくれたからである。

だから、金四郎は、お蝶にも、龍造のことや許嫁の吉弥のことを知ったことを黙っていた。そして、いつものように背中を描いて貰いに『さくら長屋』を訪ねていた。

「お蝶さん……背中からグサリは嫌だぜ」

金四郎が言うと、お蝶は洒落《しゃれ》にならないよと茶化してから、

「今日は……ちょいと気分が乗らないんだ。またにしてくれないかい？」

「いや。今度は、でっけえ獲物を釣り上げたんだ」

「え……？」

「だから、鮮やかなのを一輪、いや、いっぺんに一房、描いてくれねえか。背中が早く咲きてえって、疼《うず》いてるんだよ」

「背中が疼く……？」

「ああ。疼いて疼いて、しょうがねえんだ」

お蝶はふっと艶っぽい溜め息をついて、

「私も体の芯が疼いているよ。ええ、ここのひとひら花びらを描くために、ぞくぞくと疼くものがあるんだ」

「本当に？」

「でも……こんな綺麗な背中を、私の手で汚していいのかどうか、近頃、迷っているんだよ、本当はね」

「迷うことなんかねえよ。俺は……」

「早く咲きたい気持ちは分かるけど、それは散るのも早い。ゆっくり咲いて、大きい桜になっておくれよ。千年も万年も咲き続けるような」

そう言いながら、体に油を少しだけ垂らして、ゆっくりと広げ始めた。そのお蝶の掌の動きが艶めかしく背中一杯に広がり、温もりが骨の髄《ずい》まで浸みてきそうだった。金四郎は妙な気持ちになって、思わず背中を丸めてしまった。

「だめよ、丸めちゃ。そう、もっと伸ばしてくださいな。反るぐらいの気持ちで」

「ひとつだけ、聞きたい、お蝶さん」

「なんだい？」

「先代は、背中を見るだけで、そいつがモノになるかどうか分かったって話だが、お蝶さんにも分かるのかい？」

「……」

「やっぱり、そこまでになるには経験が要るのかねえ」

お蝶は針を持ち替えて、花びら描きの作業に入りながら、

「そりゃ、父みたいになるには、いくつもの背中を見なきゃならないだろうね。でも、どんなに苦労しても、鍛錬しても、できないことがあると思う」

「え？」

「肌合い……だよ。肌が合わない者同士は決して合うことがない、一生ね。そして、合う者同士は生涯離れることができない。たとえ許されぬ恋でもね……」

龍造のことを言っているのかと、金四郎は思ったが口には出さない。だが、お蝶は自ら囁くように続けた。

「龍造さんはね……何をやっても半端な人間だった。父が言ったように、極道になるには優し過ぎるから、墨を入れなかった」

「……」

「けど、ある時、彫長を継いだ私の前に現れたときは、この……この背中が違っていた。人の優しさなんか、微塵もなかった。そして、私に言ったんだ……『この背中なら、彫って貰えるだろう』ってね」

金四郎は背中に複雑な痛みを感じながら、じっと耳をそばだてるように聞いていた。

一言、お蝶が話すたびに甘い香りが漂う。

「私、あの人の背中に、龍を彫った……一年かけて、ゆっくりと……それが二人の逢瀬だった。背中の龍を描き終えると、二人の本当の別れになると思いながら、私は描いたんだ」

「……」

「だけれど、最後のちょっとした仕上げ……龍の目を入れるところだけを残して、あの人はふっと姿を消した……その間に、きっと……」

殺しの稼業に身を沈めていたのであろうと言いたかったが、お蝶は言葉にしなかった。龍造が〝闇の男〟だったことは、お蝶は知らない。だが、人に言えない仕事をしているであろうことは、背中を描きながら分かっていた。

「あの日……殺された日……龍造さんは、前触れもなくふいに来て、最後の仕上げをしてくれ……『これで終いにできる』ってね……後で考えれば、彫物が全部仕上がれば、きっと足を洗うつもりだったに違いない。なのに……」

金四郎の背中にポタリと熱いものが落ちた。お蝶のすすり泣く声が聞こえたが、金四郎は気づかないふりをして、黙っていた。

どうして、お蝶がそんな話をしたのか、金四郎には分からない。だが、男と女とは、こうしたものかもしれない。どちらかが死ぬまで、別れることのできない仲もある。そのことは、少しだけ分かった気がした。

先程までの針先の痛みが、鈍い重みに変わってきた。音もなく、ただただ息づかいだけが聞こえる。この世の中に、金四郎とお蝶とふたりだけしかいないように感じた。

ゆっくりと時が流れた。

瀟々《しょうしょう》と降り始めた雨が、開けっ放しになっている格子窓の外で、銀色の糸となって幾重にも燦《きら》めいていた。

この作品は双葉文庫のために書き下ろされました。

双葉文庫

い-33-05

金四郎《きんしろう》はぐれ行状記《ぎょうじょうき》

仇《あた》の風《かぜ》

2007年6月20日　第1刷発行

【著者】
井川香四郎《いかわこうしろう》

【発行者】
佐藤俊行

【発行所】
株式会社双葉社
〒162-8540 東京都新宿区東五軒町3番28号
[電話]03-5261-4818(営業) 03-5261-4833(編集)
[振替]00180-6-117299
http://www.futabasha.co.jp/
(双葉社の書籍・コミックが買えます)

【印刷所】
慶昌堂印刷株式会社

【製本所】
株式会社ダイワビーツー

【表紙・扉絵】南伸坊
【フォーマット・デザイン】日下潤一
【フォーマットデジタル印字】飯塚隆士

ISBN978-4-575-66286-3 C0193

高橋三千綱

右京之介助太刀始末
お江戸の用心棒（上）

長編時代小説
文庫オリジナル

右京之介に国元からやってくる鈴姫の警護を頼もうとしていた柏原藩江戸留守居役の福田孫兵衛だが、なぜか若様の片棒を担ぐ羽目に。

高橋三千綱

右京之介助太刀始末
お江戸の用心棒（下）

長編時代小説
文庫オリジナル

弥太が連れてきた口入れ屋井筒屋から、女辻占い師の用心棒をしてほしいと頼まれた右京之介は、その依頼の裏に不穏な動きを察知する。

千野隆司

主税助《ちからのすけ》捕物暦
虎狼《ころう》舞い

長編時代小説
〈書き下ろし〉

火事騒ぎに紛れて非道を働いた悪党を討ち伏せたのは、甘味処の主人宇吉だった。果たして、その正体は……。好評シリーズ第四弾。

築山桂

銀杏《いちょう》屋敷捕物控
葉陰《はかげ》の花

長編時代小説
〈書き下ろし〉

「二代目参上」の張り紙を残す盗賊「疾風の多門」の狙いはなにか。探索に苦慮する同心・瀬田仁一郎だったが……。シリーズ第二弾。

鳥羽亮

はぐれ長屋の用心棒
父子凧《おやこだこ》

長編時代小説
〈書き下ろし〉

俊之助に栄進話が持ち上がり、喜びに包まれる華町家。そんな矢先、俊之助と上司の御納戸役が何者かに襲われる。好評シリーズ第九弾。

花家圭太郎

無用庵日乗《にちじょう》
乱菊慕情

長編時代小説
〈書き下ろし〉

湯治からの帰り道、雁金屋治兵衛は草相撲で五人抜きに挑戦する若者と出会い、江戸相撲に入門させようと連れ帰る。シリーズ第二弾。

藤井邦夫

知らぬが半兵衛手控帖
乱れ華《ばな》

長編時代小説
〈書き下ろし〉

凶賊・土蜘蛛の儀平に裏をかかれた北町奉行所臨時廻り同心・白縫半兵衛は内通者がいると睨んで一か八かの賭けに出る。シリーズ第五弾。

藤原緋沙子

藍染袴《あいぞめばかま》お匙帖

紅《あか》い雪

時代小説〈書き下ろし〉

千鶴の助手を務めるお道の幼馴染み、おふみが許嫁の松吉にわけも告げず、吉原に身を売った。千鶴は両親のもとに出向く。シリーズ第四弾！

細谷正充・編

傑作時代小説

大江戸殿様列伝

時代小説 アンソロジー

実在する大名の行状に材をとった傑作揃い。池波正太郎、柴田錬三郎、佐藤雅美、安西篤子、神坂次郎ら七人の作家が描く名短編。

松本賢吾

八丁堀の狐

女郎蜘蛛

長編時代小説〈書き下ろし〉

女犯坊主が、鎧通を突き立てられて殺された。北町奉行所与力・狐崎十蔵、人呼んで「八丁堀の狐」が、許せぬ悪を裁く。シリーズ第一弾！

三宅登茂子

小検使《しょうけんし》 結城左内

山雨《さんう》の寺

長編時代小説〈書き下ろし〉

丹後宮津藩主松平宗発から小検使に任じられた結城左内は役目の途次、雷雨を凌ごうとした廃寺で内偵中の男に出くわす。

吉田雄亮

聞《き》き耳《みみ》幻八《げんぱち》浮世鏡《うきよかがみ》

黄金小町《こがねこまち》

長編時代小説〈書き下ろし〉

御家人の倅、朝比奈幻八は、聞き耳幻八と異名をとる読売の文言書き。大川端に浮かんだ女の死体の謎を探るが……。シリーズ第一弾。

六道慧

深川日向《ひなた》ごよみ

凍《い》て蝶

長編時代小説〈書き下ろし〉

故あって国許を離れ、長屋暮らしの時津日向子、大助母子。日向子は骨董屋〈天秤堂〉の裏の仕事を手伝い糊口を凌いでいた。シリーズ第一弾。

和久田正明

火賊《ひぞく》捕盗《ほとう》同心《どうしん》捕者帳《とりものちょう》

こぼれ紅

時代小説〈書き下ろし〉

凶賊・蛭子の万蔵を取り逃がしてしまうが、近くに住む紅師の女に目をつけた新免又七郎は、小商人に姿を変え近づく。シリーズ第三弾。